현대강림

마스터

인기영 장편 소설

FUSION FANTASTIC STORY

현대 강림 마스터 1

인기영 장편 소설

초판 1쇄 찍은 날 § 2013년 4월 16일
초판 1쇄 펴낸 날 § 2013년 4월 23일

지은이 § 인기영
펴낸이 § 서경석

편집부장 § 권태완
편집책임 § 박우진
디자인 § 신현아

펴낸곳 § 도서출판 청어람
등록번호 § 제1081-1-89호
등록일자 § 1999. 5. 31
어람번호 § 제1-1583호

주소 § 경기도 부천시 원미구 심곡2동 163-2 서경B/D 3F (우) 420-822
전화 § 032-656-4452 팩스 § 032-656-4453
http://www.chungeoram.com
E-mail § chungeorambook@daum.net

ⓒ 인기영, 2013

ISBN 978-89-251-3254-9 04810
ISBN 978-89-251-3253-2 (세트)

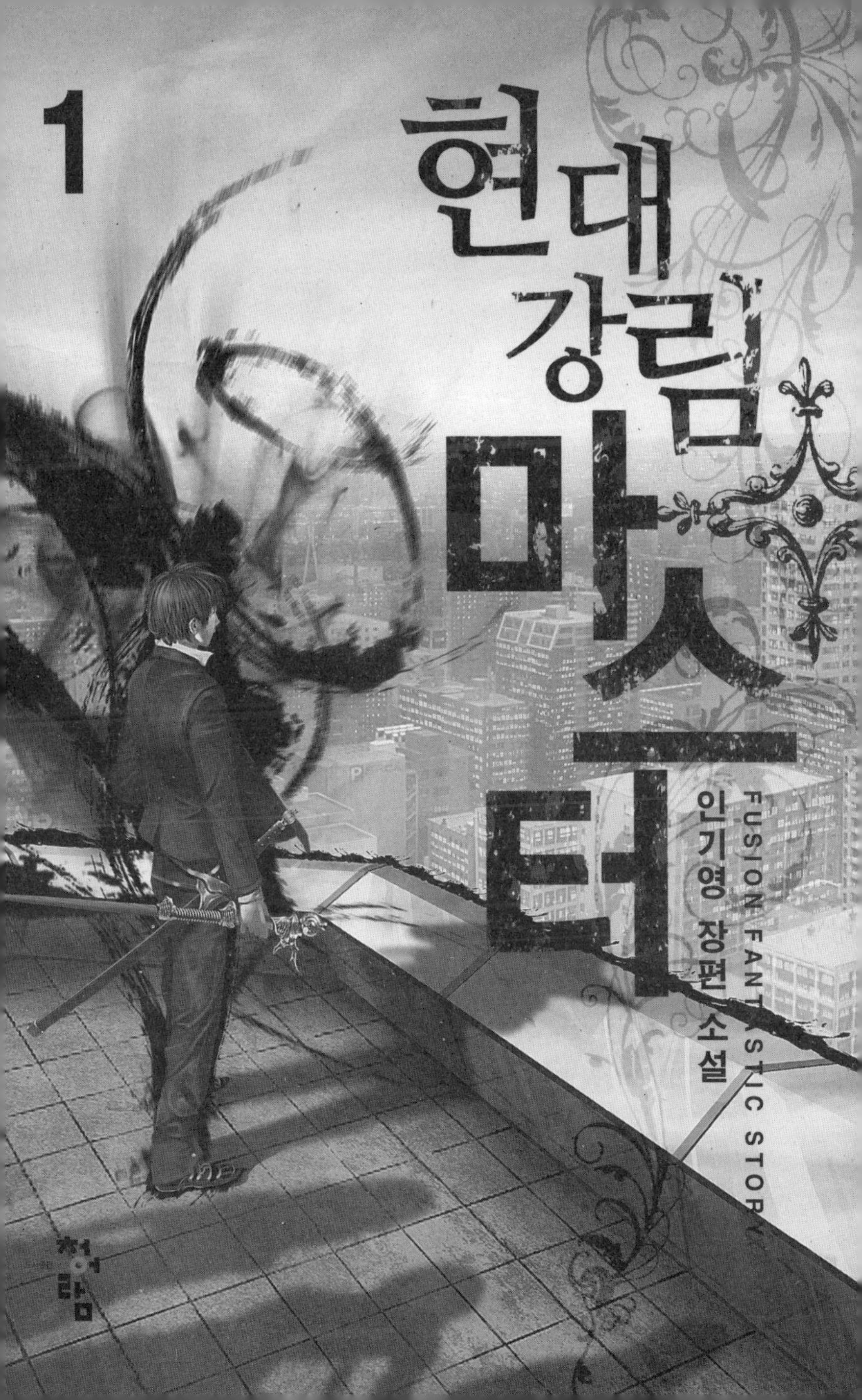
1
현대 강림 마스터
인기영 장편 소설
FUSION FANTASTIC STORY
청어람

CONTENTS

프롤로그

2014년 무더운 여름의 어느 날.

"내가 마검술을 전수해 주겠어."

"호호호. 마검술 따위 사령술의 위대함 앞에선 초라하기 그지없어. 어때? 나한테 사령술을 배우며 뜨거운 시간 보내는 게?"

"전 역시 조련술이 최고라고 생각해요."

"마검술이다!"

"사령술이라구, 사령술."

"아무래도 조련술이⋯⋯."

"마검술!"

"사령술!"

"조련술……."

…난 정신 나간 귀신들을 보았다.

CHAPTER **01**
이계의 영혼들

현대강림마스터

나는 22년을 귀신과 함께하며 살았다.

어느 무당이 그랬다.

귀신들이 달라붙기 딱 좋은 육신과 팔자를 타고났다고.

지금까지 살아온 것도 기적인데, 특히 스물둘이 되는 해에 가장 큰 고비가 있으니 살아가려면 기가 센 신을 모시라 했다.

즉, 신내림을 받으라는 얘기였다.

하지만 난 무당으로 사느니 차라리 죽겠다는 심정이었다.

지금껏 귀신에게 시달린 것도 힘들어 미칠 지경인데, 남은 평생도 귀신과 함께하라고?

절대 그건 못할 짓이다.

내가 거부하자 무당은 필시 스물둘을 넘기지 못하고 죽을 것이라 저주했다.

'그래, 차라리 죽자.'

그게 편하겠다 싶었다.

그러나 자살할 용기는 없었다.

그렇다고 이런 삶을 계속 이어 나갈 용기 또한 없었다.

이도저도 아닌 인생을 술에 술탄 듯, 물에 물탄 듯 살아왔다.

뻑하면 귀신들에게 빙의되어 버리니, 단 한 번도 내가 하고 싶은 일을 해본 적이 없었다.

학교생활도 제대로 하기 힘들었고 공익요원으로 지낼 때 역시 사건사고가 끊이질 않았다.

오죽하면 시청 공무원들이 내가 일하러 나온 날은 그냥 안 보이는 데서 조용히 잠만 자다 가라고 사정을 했겠는가.

아무튼 그런 상황이다 보니, 학창시절엔 공부를 못했고 교우관계 역시 엉망이었다.

취미나 특기를 찾는다는 건 말도 안 되는 일이었다.

이도저도 아닐 바엔 차라리 화끈하게 놀기라도 했다면 좋으련만.

그조차 내겐 꿈만 같은 이야기인지라 22년을 무의미하게 날려 버렸다.

이제는 내가 귀신인지, 귀신이 나인지도 모르겠다.

하루에도 여러 번씩 잡다한 귀신들이 몸 안에 들어와 장난질을 치다 나가니 정신이 분열되기 일보 직전이다.

집에 계시는 어머니도 이제 이런 나를 힘들어하신다.

원체 방랑벽이 심한 아버지는 우리 모자가 어찌 살고 있는지 뻔히 알면서도 가끔 한 번씩 집에 찾아와 힘내라는 말과 함께 돈뭉치만 툭 던지고서 다시 나가 버린다.

하나부터 열까지 내 인생엔 제대로 된 것이 아무것도 없다.

'짧은 순간 참 많은 생각을 하게 되네.'

백여 미터는 족히 되어 보이는 낭떠러지에서 바닥에 떨어지는 데까지 몇 초나 걸릴까?

'결국 이렇게 끝나는구나.'

요즘 들어 빙의가 점점 심해지자, 어머니는 날 방에 거의 감금시켜 놓다시피 하셨다.

언제 어디서 못된 악령에게 빙의당해 위태로운 상황에 처할지 모르기에, 차라리 방밖으로 못나가게 해버린 것이다.

특히나 어머니가 일하러 나가는 낮 시간 동안은 방문 밖에 잠금쇠를 삼중 사중으로 해놓고, 창문도 모두 막아버렸다.

오늘도 그랬다.

한데, 정신을 차려보니 나는 어딘지 모를 산꼭대기 절벽에서 뛰어내리는 중이었다.

추락하는 내 곁엔 피투성이의 여인이 달라붙어 묘한 미소를 띠고 있었다.

이제는 저런 악령의 모습도 무섭지가 않다.

하도 많이 봤더니 만성이 되어버렸다.

그런데… 자세히 보니 눈가엔 눈물이 맺혀 있었다.

죽는 건 난데 왜 지가 울어?

'참 불운한 인생이었어.'

죽기 전엔 주마등이 스쳐 지나간더니, 난 쓸데없는 잡념만으로 아까운 시간 다 날렸네.

'안녕, 설유하. 다음 생엔 부디 괜찮은 인생을 살아가길.'

콰직!

* * *

'으윽……'

온몸이 아프다.

나, 죽은 거 아니었나?

귀신들은 육신을 버리면 홀가분해져야 하잖아?

그런데 왜… 두들겨 맞은 것처럼 사지가 욱신거리는 걸까.

"헤에~? 그 높이에서 떨어지고도 살았네?"

"이 녀석에게 빙의했던 귀신이 도와줬어."

"이유가 뭘까요, 록시님? 기껏 절벽에서 뛰어내리게 하고 살아나도록 해주다니, 이상해요."

뭐야?

생소한 여인들의 목소리가 들렸다.

세 명인 것 같은데… 등산객들인가? 내가 뛰어내리는 걸 봤나? 아니… 가만? 방금 귀신 어쩌고 하지 않았어? 일반인이 귀신을 볼 리는 없는데.

"으음……."

으윽.

눈두덩이가 멍든 것처럼 아파서 쉽게 떠지지가 않아.

"아, 이 사람. 깨어나려나 봐요."

겨우 눈꺼풀을 들어 올렸다.

환한 빛이 시야를 어지럽게 했다.

다시 눈을 몇 번 깜박이니 겨우 사위가 제대로 보였다.

그런데… 저것들은 뭘까.

옷도 무슨 중세시대에서나 입을 법한 걸 걸친 영혼 셋이서 날 보고 시시덕대는 거야?

"눈 떴네요?"

"흐음~ 배짝 마른 것만 빼면 나름 얼굴도 괜찮고 키도 훤칠하고… 내 스타일인데. 내 종으로 부리면 딱 좋겠어."

"저렇게 나약한 녀석은 아무 짝에도 쓸모없어."

더 이상은 못 참겠다.

"저기, 미안하지만 당사자 앞에 놓고 그만 궁시렁댈래?"

"……!"

"……!"

"……!"

세 여인의 영혼은 모두 화들짝 놀라 눈을 휘둥그레 뜨고서 날 바라봤다.

"우리가… 보여?"

"지금 우리한테 말한 거 맞지?"

"그런 것… 같아요."

그들이 뭐라고 하든 신경 끄고서 일단 상체를 일으켜 내 몸부터 살폈다.

그 까마득한 절벽 위에서 떨어졌는데도 살아남았다니.

차라리 죽어버렸으면 편했을 것을.

결국 또 귀신들한테 시달리는 지긋지긋한 생을 살아야 하나?

"너희도 나한테 빙의하려고 찾아왔냐? 제발 부탁인데 그러지 말아줘."

세 여인이 고개를 갸웃거렸다.

"이 세계에 사는 사람들은 우리를 볼 수 없어."

"근데 쟤는 보잖아?"

"이상하네요."

이 세계?

뭐야, 마치 지들이 딴 세상에서 왔다는 것처럼 말을 하네?

"미안한데, 난 너희가 아주 잘 보여. 원체 특이한 팔자를 타고난 놈이라……."

비명 지르는 관절을 달래가며 겨우 일어서서 옷을 털었다.

그러자 허리에 검을 차고 있는 차가운 인상의 영혼이 내게 물었다.

"정말 우리가 보인다고?"

"그럼 내가 지금 어떻게 너희랑 대화하고 있겠냐."

보통 귀신들은 날 보자마자 빙의하려고 달려드는데, 이 녀석들은 왜인지 계속 말만 걸어왔다.

"빙의할 거 아니지? 고맙다. 나 간다. 여기서 이러고 있지 말고 얼른 성불해라."

아직 해가 쨍쨍한 걸 보니 밤이 되려면 멀었다.

어머니가 일터에서 돌아오시기 전에 집에 가야 한다.

내가 집에 없으면 분명히 놀라실 테니까.

그런데… 여기가 어디지?

대충 둘러보니 구봉산 끝자락 같은데.

우리 집까지 가려면 차를 타고 이십 분이다. 한데, 주머니를 탈탈 털어도 땡전 한 푼 없었다.

그렇다고 조금만 달려도 녹초가 되어버리는 몸뚱이로 걸어가긴 무리고… 히치하이킹을 해야 하나?

이런저런 생각을 하며 걸음을 옮기려고 하는데.

"잠깐!"

이놈의 귀신이 또 나를 붙잡는다.

"왜?"

"너, 지구인 맞아?"

"그럼 외계인으로 보여?"

"이름이 어떻게 되지?"

"설유하."

"난 록시. 록시 드루와일이다."

외국인인가?

그런데 어느 나라 사람이야.

저런 식의 이름은 처음 들어보네.

게다가 꼭 게임 캐릭터를 코스프레한 듯한 의상도 계속 거슬린다.

"그래서?"

"우리를 도와줬으면 해."

이거 지금 빙의하겠다는 말이지?

"지긋지긋하다고, 제발 부탁이니 나한테 들러붙어 뭐 해결할 생각 말고 얌전히 성불해."

"유하야~!"

이번에는 기다란 지팡이를 등에 찬 여인이 날 불렀다.

그런데… 이거 시선을 어디에 둬야 할지 모르겠다.

그녀는 풍만한 몸을 중요 부위만 살짝 가린 희한한 차림을 하고 있었다.

생긴 것도 색기가 줄줄 넘쳐흐른다.

"난 아자린 바넬라야."

"저는 프리린 하코네라고 해요."

아자린이라는 여인에 이어 키가 작고 귀여운 인상의 여인이 자기 이름을 알려주었다.

프리린은 꼭 광대복 같은 걸 입고 있었다.

발육은 셋 중에서 가장 떨어지지만 그렇다고 빈약하지는 않은… 아니, 이게 중요한 건 아니지.

"다 죽은 마당에 통성명은."

"우리를 도와주면 매일 밤 꿈에 나와서 즐겁게 해줄게. 어때?"

아자린이 말을 하며 지팡이의 끄트머리를 혀로 살짝 핥았다.

…엄청 자극적이야.

"아, 아자린님… 전 그런 거 못해요."

"뭐야, 프리린? 무슨 말인지 알아들었어? 순진한 척하면서 은근히 발랑 까졌네?"

"그, 그런 게 아니라……."

"할 말 끝났으면 간다."

"못 간다!"

록시가 내 앞을 가로막고서 날카로운 시선을 쏘아댔다.

아악, 뭐야, 대체!

"호호, 맞아. 이렇게 보낼 수 없지. 아무것도 못하고서 성불해야 하나 고민이 이만저만이 아니었는데, 갑자기 찾아온 기회를 날려 버려서야 되겠어?"

"제발 우리를 도와주세요."

진짜 사람 환장하게 하네.

"대체 날 더러 뭘 어떻게 도와달라는 거야?"

"혼란스럽겠지만 본론부터 말하지. 우리는 다른 세상에서 온 존재들이다."

"들어나 봤어? 루시르 대륙! 거기에선 매혹의 사령술사[Charm Necromancer]라고 불렸지."

"록시님은 마법과 검으로 당할 자가 없는 마검왕[Sword Magician King]이셨어요. 저는 조련술사… 그러니까 테이머[Tamer]구요."

…덕 중의 최강은 양덕이라더니.

이 인간들, 살아생전 덕질하다가 죽어서까지 이러고 있구나. 머릿속까지 아주 덕스러움으로 가득 찬 것 같다.

그런데 한국말을 꽤 잘하네?

아, 어차피 영혼이니까 그런 경계가 없겠구나.

그냥 그들의 의지가 내게 편한 언어 체계로 바뀌어 들리는 거겠지.

"죽어서 추태부리지들 말고 빨리 저승으로 가."

"끝까지 못 들어주겠다는 거냐?"

"아직 부탁이 뭔지도 얘기 안 했거든? 헛소리들이나 지껄

였지."

"그럼 얘기하지. 우리보다 먼저 지구에 온 루시르 대륙 인간들이 있다. 그들을 죽여라."

"…뭐라는 거야."

록시라고 했나?

이 여자 대화법이 완전히 자기 위주다.

상대방이 알아듣거나 말거나 머리꼬리 다 떼고 할 말만 해버린다.

"내가 살인청부업자도 아니고 다짜고짜 사람을 죽이라는 게 말이 돼? 당신들이 직접 해."

"우리는 육신이 사라져서 그럴 수가 없다."

"하여튼 더 말 섞어봤자 헛수고야. 나한테 득 될 것도 없는 그런 일을 뭣하러……."

"네게 새로운 인생을 주겠다."

"웃기고 있네. 태어나서 지금껏 계속 거지같은 인생을 살아왔어. 바로 너희 같은 귀신 때문에! 그런데 나한테 새로운 인생을 주겠다고? 대체 어떻게!"

"어머? 지금 빙의 때문에 힘들다는 얘기야? 그까짓 귀신들 우리랑 같이 있으면 근처에 얼씬도 못하는걸?"

"……뭐라고?"

머릿속이 멍해졌다.

이게 무슨 소리인가 싶었다.

지금 내가 들은 게, 더 이상 빙의당하지 않아도 된다는 말 맞아?

이제 일반인처럼 평범하게 살 수 있다는 얘기를 하고 있는 거야? 그것도 귀신이?

"산 사람에게 귀신이 보이는 건, 결국 그 사람의 정신력이 너무 약하거나 강하기 때문이다. 정신력이 약한 사람은 귀신 에게 이용당하고 강한 사람은 퇴마사가 되지."

"그래서?"

"네 정신력을 우리가 강화시켜 주겠다."

"그게… 가능해?"

"충분히요."

록시 대신 프리런이 살갑게 대답했다.

"정신력은 어떻게 강화시켜 주겠다는 거야?"

"그건 차차 알게 될 거야."

"…한 가지만 묻자."

"뭐지?"

"왜… 날 선택한 거야?"

"우릴 볼 수 있으니까."

"솔직히 우리도 이런 일이 일어날 거라고는 예상 못했어 요. 지구의 사람들은 아무도 우릴 보지 못했으니까요."

"그게 무당이든, 퇴마사든, 죽은 영혼이든 말이야. 하지만 유하는 우릴 볼 수 있잖아?"

록시, 아자린, 프리린이 차례대로 말했다.

"왜 나만 너희를 볼 수 있는 건데?"

"우리도 잘 모른다. 지구의 사람이 우리를 볼 수 있다는 것 자체가 충격이었다."

"자꾸 아까부터 다른 세상에서 온 것처럼 이야기하는데, 내가 그걸 어떻게 믿을까?"

"내 기억을 보여주지."

그러면서 록시가 내게로 가까이 다가왔다.

서, 설마… 이거… 빙의…!

"커헉!"

내 안에 타인의 의지가 파고드는 것이 느껴졌다.

"제, 젠장……"

이 순간은 정말 기분이 뭣같다.

말로 차마 다 설명할 수가 없을 만큼!

내가 사지를 파르르 떨고 있자니 안에서 록시의 목소리가 들려왔다.

―잘 봐. 내 기억의 파편을.

무덤덤한 그녀의 음성이 끊어지자마자, 머릿속으로 기이한 기억들이 파도처럼 밀려들어 왔다.

그것은 지구와 또 다른 세상.

내가 한 번도 겪어보지 못했고, 경험할 수 없었던 신비한 세계.

마법과 수많은 종족, 놀라운 사건들이 존재하는 루시르 대륙의 짤막한 역사였다.

그리고 뒤이어 그녀들이 지구에 오게 된 이유 또한 일목요연하게 정리되었다.

"하악! 하악!"

"어때?"

어느새 내 안에서 빠져나온 록시가 물었다.

혼령들은 절대 사람에게 거짓된 기억을 불어넣지 못한다.

그들은 살아생전 자신들이 겪었던 진실만을 보여줄 수가 있다.

때문에……

"아직도 우리 말을 못 믿겠나?"

믿지 않을 수가 없었다.

이들은 정말 다른 세상에서 넘어온 귀신들이었다.

*　　　*　　　*

루시르 대륙엔 마왕 이그드란이 부활을 했다.

마왕은 마계의 온갖 사악한 마족과 마수들, 그리고 저승의 문을 열어 악령들까지 소환해 지상에서 인마대전을 일으켰다.

십여 년간 이어진 인마대전은 결국 인간들의 승리로 끝을 맺었다.

어느 날 불현듯 세상에 나타난 인간들의 영웅왕[Invincible King] 오하렌과 그 동료들이 기어코 마왕의 심장에 검을 꽂아 넣은 것이다.

하지만 마왕은 어지간해서는 영원히 소멸하지 않는 존재.

그의 영혼은 복수를 꿈꾸며 타차원으로 날아갔다.

그곳이 바로 지구.

이에 마왕을 모시던 흑마법사들은 9년간 몸을 숨기고 차원 이동마법의 진을 완성해 지구로 향했다.

그곳에서 마왕의 부활을 도와 다시 한 번 루시르 대륙으로 넘어와 복수를 하기 위함이었다.

황실 대마법사 그란돌은 이를 뒤늦게 알고서 흑마법사들이 만들었던 차원이동마법진을 연구했다.

그리고 그들이 어느 차원으로 향한 건지 알아낼 수 있었다.

이에 그란돌은 1년간 차원이동마법진을 연구해서 완성한 뒤, 영웅 오하렌과 그 동료들에게 다른 차원으로 가달라 부탁했다.

흑마법사들이 다시 마왕을 깨워 차원을 넘어 돌아오게 된다면 큰일이 벌어질 것이라는 말과 함께.

그러나 오하렌 일행은 이를 거절했다.

이 세상에 드리워진 먹구름은 그들이 9년 전에 걷어냈다.

한데, 그들의 입장에선 아직 부활한 것도 아닌 마왕을, 그것도 타차원으로 넘어가서까지 막아야 한다는 것 자체가 마음에 드는 일이 아니었다.

게다가 마왕 군단과 싸울 때 입었던 심신의 상처로 그들은 많이 지쳐 있었다.

이제는 후대에게 그런 역할을 맡기고 싶었다.

그러나 그란돌은 끝까지 그들에게 차원을 넘어갈 것을 강요했다.

그럼에도 오하렌 일행이 완강히 거절하자, 그란돌은 악수를 둔다.

전 대륙에 이번에 흑마법사들이 행한 일을 공표하고 이를 막을 수 있는 건 영웅들밖에 없다 이른 것이다.

오하렌 일행은 이를 바득바득 갈면서 다른 차원으로 향했다.

그란돌은 정확히 5년 후, 다시 이곳으로 올 수 있는 차원이동마법진을 영웅들이 다른 차원에 떨어진 그 위치에 열어주겠다 약속한 뒤, 마법진을 가동시켰다.

하지만, 5년이 지난 시점에 영웅들은 다시 루시르 대륙으로 돌아오지 않았다.

이에 그란돌은 차원이동마법진을 열었는데도 그들이 돌아오지 않는 것을 보니, 필시 무슨 일이 생긴 게 틀림없다고 했다.

그러면서 새 시대의 강자들로 두각을 드러내는 세 사람에게 오하렌 일행이 넘어간 차원으로 가서 일을 매듭지어 주길 부탁했다.

그 세 사람은 전 대륙에 명성이 자자한 마검왕 록시 드루와 일과 매혹의 사령술사 아자린 바넬라, 초월의 조련술사(Beyond Tamer) 프리린 하코네였다.

특이한 점은 셋 다 남성이 아닌 여성이라는 사실이었다.

그들은 루시르 대륙의 영웅들을 귀환시키기 위해 그란돌의 제안을 받아들인다.

그리고 차원이동마법진에 올라 다른 세상으로 떠나게 된다.

이번에도 그란돌은 5년 후, 차원이동마법진을 다시 열어주겠다 약속했다.

하지만 세 여인은 지구로 차원이동을 하자마자 육신을 잃어버린다.

누군가 그녀들이 차원이동을 하게 되는 좌표에 8서클급의 강력한 마법 트랩을 설치해 놓았던 것이다.

무방비 상태에서 지구로 넘어온 세 여인은 트랩이 작동되는 순간 한줌의 재가 되었다.

한마디로 지구에 도착하자마자 귀신이 되어버린 것이다.

처음에는 그녀들을 죽인 사람이 누구인지 몰랐다. 하지만 귀신의 몸으로나마 지구라는 곳을 겪다 보니, 이곳의 사람들은 마법 문명 자체를 개척하지 못했다는 걸 알게 되었다.

그렇다면 마법 트랩을 설치할 수 있는 이는 결국 오하렌 일행밖에 없었다.

게다가 8서클의 경지는 아무나 다다를 수 있는 게 아니다.

왜 오하렌 일행이 자신들을 죽인 것인지, 록시 일행은 그것이 궁금했다.

한데, 어느 날.

오하렌 일행 중 사령술사인 바르쳉이 귀신이 된 그녀들을 불러들였다.

워낙에 강한 사령술사인지라 속절없이 끌려가게 된 록시 일행은 바르쳉의 능력으로 오하렌과 대화의 장을 열게 된다.

오하렌은 우선 그녀들에게 사죄했다.

자신의 야망을 위해 희생되게 해서 미안하다고.

오하렌이 말하는 그 야망이란 너무나 단순해서 유치하게 느껴질 정도였다.

바로, 세상의 정복.

오하렌은 지구를 손아귀에 넣어 지배하려 들고 있었다.

이에, 록시 일행은 왜 그런 마음을 품은 것이냐 물었지만 오하렌은 이렇다 할 대답을 내놓지 않았다.

다만, '너희가 모든 진실을 알고 있다 생각하지 말라'는 말만 거듭 강조했을 뿐이었다.

록시 일행에게는 그때부터 새로운 목표가 생겼다.

오하렌 일당을 막는 것이다.

그들은 엄연히 다른 차원에서 넘어온 인간들이다.

게다가 한때는 영웅이라 불리었었다.

한데 지금은 오히려 그들이 악당으로 비추어질 지경이었다.

무엇이 그들을 그토록 변하게 만들었는지는 알지 못했다.

그러나 록시 일행은 절대 그들의 만행을 두고 볼 수가 없었다.

하지만 이미 육신을 잃어버린 그녀들로서는 할 수 있는 게 전무했다.

그렇게 발만 동동거리며 5년이 흘렀다.

그란돌이 다시금 루시르 대륙으로 넘어올 수 있도록 차원의 문을 열어주기로 한 날이었다.

한데 무슨 일인지 차원의 문은 열리지 않았다.

사실 이미 죽은 몸인지라 차원의 문이 열린다고 해도 루시르 대륙으로 넘어갈 순 없었다.

그렇지만 그란돌은 록시 일행과 약속한 것을 지켜야 했다.

만약 그녀들이 살아 있었다면 낭패가 아닌가?

대체 일이 어찌 돌아가는 건지도 모른 채 록시 일행은 계속해서 허송세월만을 보냈다.

그녀들은 오하렌 일당의 행보를 꾸준히 지켜보았다.

사령술사 바르쳉은 어쩐 일인지 이를 15년간 막지 않고 내버려 두었다.

하지만 15년이 되던 해에, 록시 일행이 절대 오하렌 일당에게 접근할 수 없도록 완벽한 결계를 쳤다.

그때부터 록시 일행의 마음이 급해졌다.

그녀들은 오하렌이 무얼 하려는지 똑똑히 봤다.

그는 자신의 욕망을 위해 결코 해서는 안 될 일에 손을 대고 말았다.

그를 어떻게든 막아야 했다.

하지만 그녀들에겐 육신이 없다.

그렇다고 살아 있는 사람을 전인으로 삼는 것도 무리였다.

타차원에서 넘어왔기 때문인지 지구에 있는 이들은, 무당이든, 퇴마사든, 그 누구든 간에 세 여인의 영혼을 볼 수가 없었다.

그러니 검술도, 마법도, 사령술도, 조련술도 가르칠 수가 없었다.

아무것도 하지 못한 채 어쩌나 어쩌나 하는 동안 37년이 흘렀다.

이제 3년만 더 있으면 죽은 지 40년이다. 그때도 성불하지 않으면 악령이 되고 만다.

정말 이제는 다 틀렸다 생각했는데, 어찌 된 영문인지 자신들을 볼 수 있는 인간이 나타난 것이다.

그리고 그게 바로… 나란다.

"정리가 됐나?"

록시는 널따란 바위 위에 앉아 한참 동안 말없이 앉아 있던 내게 물었다.

"어느… 정도는. 한데, 대마법사는 왜 직접 지구로 넘어오지 않고 계속해서 다른 이들을 보내려 했던 거야?"

록시가 내게 전해준 단편적인 기억들엔 상식적으로 앞뒤가 맞지 않는 부분이 몇 있었다.

하지만 록시는 그에 대해 설명할 생각이 없는 모양이었다.

"굳이 내가 알려주지 않은 것들까지 파악할 필요는 없다. 그보다 대답은?"

"하지만… 내가 너희를 정말 도울 수 있는 거야?"

"호호호. 우리의 전인이 된다면 충분히 가능해. 넌 지구에서 마법과 검을 익히고 사령술, 조련술을 동시에 다루는 유일한 인간이 될 거야. 좋지?"

아자린이 내게 불쑥 팔짱을 끼고서 몸을 비벼댔다.

내가 귀신을 보고 만질 수 있는 것처럼, 귀신들도 나를 만질 수 있다.

난 억지로 아자린을 떼어내며 말했다.

"일반인보다 허약한 내가 그런 걸 배울 수 있다고? 정말이야?"

"네. 우리한테 배우면 가능해요, 유하님."

"특히 나한테 사령술을 배우면 귀신들을 네 마음대로 조종할 수 있게 되니까, 빙의도 더 이상 당하지 않을 거고. 좋지?"

확실히 구미가 당기는 얘기다.

지금까지 얼마나 답답하고 보잘것없는 인생을 살아왔던가.

학창시절은 물론이고 이 나이 먹도록 그놈의 빙의 때문에 늘 무시당했다.

난 귀신 붙은 미친놈으로 통했고, 어머니는 인간 구실 못하는 아들내미랑 방랑벽 있는 남편 때문에 팔자가 사나운 여인으로 불리었다.

그렇다 보니 말로 다 못할 피해도 많이 입었다.

초중고 시절 왕따를 당했던 것은 기본이었다.

졸업하고 나서 공익 생활을 할 땐 천하제일 고문관으로 툭하면 선임들에게 얻어맞아야 했다.

거기다 빙의를 당하는 동안 커다란 사고를 치는 바람에 집안에 빚이 생기고 말았다.

그 사건이 무엇이었는지는… 아니, 떠올리고 싶지도 않다.

아무튼 이런 상황이다 보니 절벽에서 떨어질 땐 차라리 죽는 게 낫겠다는 생각이었다.

죽을 용기가 없었을 뿐이지, 죽고 싶단 생각은 수없이 많이 했다.

하지만 그런 인생을 바꿀 수 있다면.

그래서 지금까지의 삶을 보상받을 수 있다면.

…나 때문에 힘들었던 어머니가 행복할 수 있다면 내가 못

할 짓이 뭐가 있겠는가?

"하겠어."

"네 입으로 내뱉은 이상 약속은 꼭 지켜야 한다."

"알았어. 어차피 더 나빠질 것도 없는 인생이야. 어떻게든 바뀌고 싶어."

"좋아. 그럼 네게 지금 가장 필요한 것. 사령술부터 익히는 게 우선이겠군. 아자린?"

"내가 처음이야? 아~ 이런 거 좋아. 이른바 첫 경험이라는 거지. 그치?"

"이상한 말 하지 말고 사령술이 뭔지나 정확히 알려줘."

"사령술은 영혼을 다루는 기술이야. 승천하지 못하고 이 세계에 머물다 악령이 된 영혼들, 혹은 악령으로 살아온 세월이 오래돼서 초월령(超越靈)이 된 영혼들을 마음대로 부릴 수 있어. 물론 네 능력이 그만큼 성장해야겠지만. 지금은 악령들을 다루는 것도 힘들 거야. 한 가지 더. 저승의 존재들을 이승으로 소환해서 네 부하처럼 부릴 수 있어."

"저승의 존재?"

"스켈레톤이나 좀비, 구울… 네 지식에 이해할 수준이라면 이 정도의 몬스터들이겠지?"

"그런 게… 정말 존재한다고?"

"그럼~ 애가 록시한테 빙의당해 놓고서도 헷갈리네? 빙의 한 번 더 해줘?"

"아, 안 돼요! 아자린님은 그… 이상한 내용들이 더 많을 것 같아요."

"응? 뭐야, 프리린? 그 이상한 내용들이라는 게? 네 입으로 한번 얘기해 볼래?"

"모, 몰라요, 저는."

"프리린! 언제까지 그렇게 매가리 없이 당하기만 할 거야? 아자린이 짜증나면 남자답게 주먹으로 한 대 쳐!"

"저 여자라니까요, 록시님……."

진짜 정신없다, 이 귀신들.

"저기, 잠깐만. 알았어, 알았다고. 우선 사령술이라는 거부터 얼른 가르쳐 줘."

"좋아. 사령술을 익히려면 우선 저승에 있는 강맹한 사령(死靈)과 계약을 맺어야 돼. 그들에게도 조직 체계는 있거든?"

"그럼… 얼마나 높은 자리에 있는 사령과 계약을 맺느냐에 따라 내 사령술의 능력도 달라지는 거야?"

"바로 그거야! 네 자질이 얼마인지에 따라 뛰어난 사령술사가 될 수도, 아니면 사령술 자체를 익히지 못할 수도 있어."

"뭐야? 사령술을 익히지 못하면 말짱 꽝이잖아?"

"아니. 이미 귀신들을 보고 만질 수 있다는 것 자체가 재능이야."

22년간 날 괴롭혔던 지긋지긋한 체질이 재능으로 바뀌는 감격스러운 순간이구나.

"자, 그럼~!"

아자린이 뇌쇄적인 미소를 머금더니 순식간에 내 몸 안으로 들어왔다.

으윽! 또 빙의야?

"뭐하는 짓이야!"

―사령과 계약을 맺으려면 그들과 연결될 수 있는 사령진을 그려야 되는데~ 그거 일일이 말로 가르치려면 몇 년이 지나도 어려워. 그러니까 네 몸 잠깐 빌려서 내가 그릴게.

"기분이 별로 안 좋으니까, 얼른 해."

―후훗~! 튕기기는!

아자린은 내 손을 움직여 검지로 바닥에다가 큰 원을 그렸다. 이어, 그 안에 기이하고 복잡하게 생긴 도형들을 슥슥 그려 넣더니 비어 있는 공간에 생소한 글씨들을 적었다.

그런 식으로 약 한 시간 동안 사령진을 그려 완성한 아자린이 내 몸에서 빠져나왔다.

"자, 이제 사령진이 네 재능에 알맞은 사령과 연결시켜 줄 거야."

아자린의 말이 끝나자마자 사령진에서 검은 연기가 피어올랐다. 그것은 곧 내 몸 속으로 흘러 들어왔고 의식이 아득해졌다.

정신을 잃는건가 싶은 순간, 절로 눈이 떠졌다.

사방은 어두운 암흑만이 가득했다.

그때, 저 깊은 갱도에서부터 울리는 것처럼 음침하고 음울한 목소리가 들려왔다.

"또 한 명의 인간이 사령진을 열었구나."

"누, 누구야!"

"난 저승의 문을 지키는 문지기다. 네게 묻겠다. 사령과 계약을 하고 싶은가?"

"그렇다!"

문지기의 목소리는 엄청나게 무서웠지만, 난 애써 두려움을 숨긴 채 당차게 대답했다.

"그럼… 널 잠시 동안 저승으로 인도해 주겠다."

"저승으로 가면… 어떻게 되는 거지?"

"네 사령력(死靈力)의 크기를 가늠해 보고 그에 적합한 사령이 계약을 하러 올 것이다. 계약을 맺게 되면 넌 사령술을 사용할 수 있게 된다."

"그럼… 나와 계약을 맺는 사령은 무엇을 얻는 건데?"

"힘. 사령들은 많은 인간과 계약을 맺을수록 영의 힘이 강해진다. 힘이 강해진다는 것은 곧 더 높은 자리에 앉을 수 있다는 말이 되지. 사령들은 그것을 원한다."

"…이해했어. 아무튼 기브 앤 테이크가 확실한 거군."

"저승으로 가겠느냐?"

"가겠어."

문지기의 대답은 들려오지 않았다.

대신 내 몸이 깊은 어둠 속으로 급속히 빨려 들어가는 기분이 들었다.

이후 눈 앞에 붉은 대지가 펼쳐졌다.

그곳엔 아무것도 없었다.

피처럼 빨간 사막과 달도 별도 없는 검은 하늘이 전부였다.

'이곳이… 저승?

난 천천히 앞으로 걸어 나갔다.

그런데 그런 내 주위로 여러 가지 빛의 혼령들이 몰려들었다.

그들은 서로 정신없이 이야기를 주고받았다. 하도 동시다발적으로 대화를 하니 뭐라는 건지 알아듣기 힘들었으나 대충 나와 계약을 맺고 싶어하는 것 같았다.

한데 수많은 혼령이 갑자기 사방으로 흩어졌다.

그 모습이 무언가로부터 도망치는 것처럼 다급했다.

혼령들이 모두 없어지고 나서, 내 앞에 오색빛깔로 찬란하게 빛나는 혼령이 나타났다.

"놀랄 일이군. 이렇게 막강한 사령력을 가진 인간이 계약을 하러 오다니. 이름이 어찌 되느냐."

"설… 유하."

"설유하. 난 저승의 제일황태자 벨차크다."

"제일황태자… 벨차크?"

"저승의 황제이신 아버지를 제외하면 가장 강력한 힘을 가진 사령이지. 나와 계약하지 않겠느냐."

"내가… 당신과?"

"사령진을 통해 저승에 온 혼령은 오랜 시간 머무를 수 없다. 이번에 계약을 실패하면 넌 일 년이 지나야 다시 이곳에 올 수 있다. 시간이 많지 않으니 빨리 결정하거라. 나와 계약하겠느냐?"

사실 저승의 이인자라고 하니 대단한 것 같기는 한데, 그게 얼마나 대단한 건지는 잘 모르겠다.

내가 저승에 대해 아는 것도 아니고 그 세상에 발을 디딘 것도 이번이 처음이다.

그러니까 저승의 지식이 전무한 나로서는 벨차크가 넘버 투라는 객관적 사실만을 가지고 이 상황을 판단해야 했다.

'어찌 되었든 좋은 건 좋은 것 같은데…….'

아자린이 내게 사령술의 재능이 있다고 했으니 벨차크가 계약을 맺자고 나타났을 것이다.

그럼 루시르 대륙에서 최고의 사령술사였던 아자린은 황제랑 계약을 한 것일까?

아무튼 모든 것이 꿈만 같지만 이것은 현실이었다.

드디어 나도 불행하기만 했던 인생에 한줄기 서광이 비치는 것 같았다.

"계약하겠습니다."

"잘 선택했다. 이제 넌 이승에서 나의 권능을 빌려 사령술의 힘을 발휘할 수 있게 될 것이다."

벨차크의 영혼이 내 몸을 감쌌다.

그 순간 눈 앞에 보이던 광경이 허물어져 내렸다.

정신을 차렸을 때 난 다시 사령진 위에 서 있었다.

그리고 그런 날 아자린이 휘둥그레진 눈으로 바라보았다.

"말도 안 돼… 유하가… 벨차크랑 계약을 맺었어."

"벨차크라면… 저승의 황태자요?!"

프리린이 눈을 크게 떴다.

"아무래도… 어마어마한 사령술사가 될 것 같아. 흥분되는걸?"

난 그렇게 사령술사가 되었다.

CHAPTER **02**

마나 사이펀

현대 강림 마스터

터덜터덜.

파김치가 되어 구봉산을 걸어 내려왔다.

세 명의 혼령도 그런 내 뒤를 따라오고 있었다.

"그런데 아자린."

"왜? 키스해 줘?"

"…그게 아니라. 저승의 황태자가 그렇게 대단한 거야?"

"저승을 다스리는 황제의 자식이니까 당연하지. 나도 그 정도로 강력한 사령과 계약을 하지 못 했는걸?"

"그렇구나."

난 주변을 휘 둘러보았다.

보통 이맘때쯤 되면 또 다른 혼령들이 내게 빙의하려고 난리를 쳤을 텐데, 지금은 단 한 마리도 보이지 않았다.

"진짜 다른 혼령들이 근처에도 오지 않네."

"당연하지. 사령술사는 혼을 다스리는 자니까. 감히 어떤 간 큰 혼령이 다가오겠어?"

"사령술이라는 건 어떻게 활용하는 거야?"

"그전에 해야 할 게 있어."

"뭔데?"

"마나를 모으는 거야."

"그건 또 뭐야."

그러자 프리린이 끼어들었다.

"마나는 우주에 존재하는 대자연의 기운이에요~!"

"대자연의 기운?"

이번에는 록시가 바통을 이어받아 대답했다.

"그래. 사령술도 결국 그 마나를 영력(靈力)으로 치환해서 영혼들을 다루는 기술이다. 마법이나 조련술 역시도 마찬가지로 마나가 필요해. 그러니 넌 마나를 모으는 게 우선이다."

"그 마나라는 걸 어떻게 모으는데?"

내 물음에 록시가 의미심장한 시선으로 날 바라봤다.

꿀꺽!

나도 모르게 불길함을 느끼며 마른침을 삼켰다.

"확실히 죽어버린 우리가 살아 있는 사람을 가르치려니 여러모로 편한 게 많군."

"뭐, 뭐? 설마 또 빙의하려고!"

"멍청하긴. 지금의 넌 사령술사다. 그러니 내 마음대로 빙의하지 못해. 하지만 마나의 개념에 대해 확실히 이해하려면 날 네게 잠시 빙의시키는 것이 편할 거야."

하이고, 그럼 그렇지.

이놈의 빙의 인생.

어디 사람 팔자가 그리 쉽게 바뀌나?

사령술사가 되고 나니까 타의가 아닌 자의로 빙의를 겪어야 하는 웃기는 상황에 처해 버렸다.

"…어떻게 하면 네가 나한테 빙의할 수 있는데?"

"내 혼을 원하면 돼."

"네 혼을?"

"록시는 딱딱해서 좀 그렇지? 편하게 날 원하는 게 어때? 좋은 거 많이 알려줄게."

"…네가 더 불편해."

아자린의 헛소리를 딱 잘라 버리고서 록시를 바라보며 그녀를 원한다고 생각했다.

그러자 록시의 혼이 내 안으로 순식간에 흡수되었다.

한데… 이건 타인의 의지로 빙의되었을 때와 달리 기분이 더럽지는 않았다.

그냥 내 안에 약간의 이물감이 느껴질 뿐이었다. 그 이물감은 당연히 록시의 영혼이었다.

속에서 그녀의 의지가 전해졌다.

—지금 난 네 몸 안에 들어왔지만, 육신의 주도권을 잡지는 못했다. 네가 내게 주도권을 넘기지 않으려 하기 때문이지.

"아, 넘겨줘?"

—아니. 어차피 내가 기억하는 마나의 개념과 느낌을 모두 전해주면 그만이다. 지금부터 주입할 테니 집중해서 느껴라.

"응."

이윽고 록시의 기억이 내 머릿속으로 들어왔다.

마나.

그것은 이미 말한 대로 대자연의 기운이다.

마법사는 마나를 각 속성으로 치환해 마법을 시전한다.

검사는 마나를 오러로 치환해 육신을 강화시키고 검에 실어 파괴력을 높인다.

사령술사는 마나를 영력, 즉 소울 파워로, 조련술사는 정신력, 스피릿 파워로 치환해서 사용한다.

마나는 세상 어디에든 다 퍼져 있다.

하지만 지구에 사는 사람들은 과학 문명에 의존해 살아왔기 때문에 이 마나라는 것을 감지하지 못한다.

마나의 기본적인 개념이 인식되고 난 이후에는 마나라는 것이 어떤 느낌인지 알 수 있었다.

이건 설명하기에 애매한 부분이 있었다.

말 그대로 '느껴야' 하는 것이기 때문이다.

마나를 느낄 수 있다면 그것을 마나 사이펀(Mana Siphon)이라는 행위로 몸속에 끌어들어야 한다.

마나는 기본적으로 심장의 마나 홀에 모이게 된다.

검사는 이 마나를 복부의 하단전으로 끌어와야 오러로 치환이 가능하다. 하단전을 다른 말로 오러 홀이라고도 부른다.

조련술사는 마나를 머리로 보내 스피릿 파워로 치환한다. 따라서 머리는 스피릿 홀이 된다.

마지막으로 사령술사는 머리에서도 최상부인 정수리에 마나를 보내 영력, 소울 파워로 치환한다. 정수리는 소울 홀이다.

이런 식으로 마나는 모든 기술의 기본이며 전부가 되는 만큼 최대한 많이 모아두는 것이 좋다.

마나 사이펀을 하는 방법은 조용한 곳에서 가부좌를 틀고 앉아 눈을 감고 주변의 마나를 느낀 뒤, 그것이 계속해서 몸 안으로 흘러 들어온다는 이미지 트레이닝으로부터 시작된다.

그렇게 공을 들이다 보면 어느 순간 마나가 내 의지에 반응에 몸 안으로 빨려들게 되고, 천천히 마나 홀인 왼쪽 가슴에 뭉치는 것이다.

―다 이해했나?

"응."

—그럼 날 내보내.

"널 밖으로 내보낸다고 생각하면 되는 거겠지?"

—그래.

시키는 대로 생각을 했더니 록시의 영혼이 내 몸 밖으로 튀어나왔다.

"유하님. 마나가 무언지 잘 아셨어요?"

프리린이 귀여운 얼굴로 미소 지으며 다가와 날 올려다봤다.

그나마 셋 중 가장 정상인에 가까운 행동을 하는 사람이 바로 프리린이다.

이렇게 보면 꼭 귀여운 여동생처럼 느껴질 정도다.

난 밝게 웃으며 대답했다.

"응. 알았어. 마나 사이펀이라⋯ 집에 가면 그것부터 해야겠네."

"심장에 주먹만 한 크기의 마나가 만들어지기 전까지는 계속해서 마나 사이펀을 해. 그다음에나 뭘 가르쳐도 제대로 익힐 수 있을 테니."

"마나를 그만큼 모으는 데 얼마나 걸려?"

"재능이 있으면 마나를 몸 안에 끌어들이는 걸 성공하는 데만도 세 달. 없으면 일 년이 될지, 이 년이 될지 알 수 없다."

뭐?

그럼 주먹만 한 마나를 심장에 비축하는 데는 더 시간을 들여야 한다는 거 아니야?

"생각했던 것보다 오래 걸리네."

"사람에겐 마나 친화력이라는 것이 있어. 그건 태어날 때부터 타고 나는 선천적 능력이지. 마나 친화력은 절대 후천적으로 길러지지 않아. 네가 마나 친화력이 강하기를 바라야 할거야."

"알았어. 알았다고."

록시랑 대화를 하다 보면 순식간에 확 지쳐 버린다.

말 한 마디 한 마디가 딱딱하고 처음부터 끝까지 뭘 가르치려는 선생처럼 굴려 하니 그럴 수밖에 없다.

"유하야, 걱정하지 마. 내가 옆에 딱 달라붙어서 일대일 지도해 줄 테니까."

아자린이 예의 그 야릇한 시선을 던지며 끈적한 목소리로 말했다.

"…더 걱정되는데."

"걱정할 필요 없다니까? 내가 네 집중력을 확 높여줄게."

"어떻게?"

"낮에 열심히 마나 사이펀을 하면 밤에 어른들의 세계를 집중적으로……."

"꺄악! 아자린님, 더 이상은 안 돼요!"

퍽!

"꺅! 프, 프리린! 너 지금 나 쳤어?"

"죄, 죄송해요! 저도 모르게 그만."

아자린은 프리린에게 얻어맞은 뺨을 문지르다가 무슨 생각을 한 것인지 피식 웃고서 콧소리를 흘렸다.

"흐응~? 의외로 과격한 면이 있었네? 그래, 프리린은 그쪽 취향이었구나. 수비보단 공격? 순진하게 생겨서 의외로 격하단 말이야."

"무슨 소리하시는 건지 하나도 모르겠어요! 그러니까 그만하세요! 꺅악!"

퍽!

"또 쳤어! …역시 그쪽 취향?"

"꺅악!"

퍽!

"이제 안 놀릴 테니 그만해, 프리……."

퍽!

"……."

"어머나! 죄송해요, 아자린님!"

뭘 하는 건지, 저 바보들은.

*   *   *

집에 돌아오니 오후 세 시였다.

어머니는 아침 여덟 시부터 저녁 여덟 시까지 편의점에서 일하신다.

물론 점장이 아니라 아르바이트다.

사실 나이가 많은 사람들은 편의점 같은 데서 아르바이트 자리를 잘 주려 하지 않는다.

그러나 어머니는 그렇게 모진 고생을 하며 살았음에도 제법 동안인 데다가 미모 또한 빼어나다.

더불어 나를 조금 일찍 출산하셨다.

때문에 장성한 자식이 없다고 말을 하지 않으면 대부분은 아가씨로 오해할 정도다.

그래서 어머니는 편의점 점장에게 이런저런 사정과 자신의 장점을 잘 어필해서 아르바이트 자리를 얻어낼 수 있었다.

지금 시간당 최저 임금은 5,200원이다.

어머니는 주말을 제외한 나머지 날엔 꼬박 12시간 편의점에서 일한다.

하루 벌이가 오만이천 원이니 한 달엔 대략 백이십삼만 원 가량을 벌어오는 것이다.

지금 같은 시절에 두 모자가 잘 먹고살기엔 부족한 돈이다.

어머니는 아끼고 아껴서 어떻게든 마이너스를 내지 않으려 노력한다.

그리고 정말 위험하다 싶을 땐 여행을 떠났던 아버지가 바람처럼 나타나서 목돈을 조금 내주고 다시 떠나 버린다.

그렇게 겨우겨우 빚은 지지 않고 살았건만… 얼마 전 내가 큰 건을 해먹었다.

그건 아직도 떠올리면 치가 떨리는 사건이니 일단 넘어가기로 하고.

아무튼 어머니가 돌아오기 전까진 다섯 시간 정도가 남았다.

그동안 난 마나 사이펀을 하기로 했다.

내 방에 가부좌를 틀고 앉아 눈을 감은 뒤, 정신을 집중하려 하는데…….

"냉장고에 먹을 게 김치밖에 없네요?"

"프리린. 넌 죽어서도 그렇게 식탐이 많니? 여자라면 자고로 다이어트와 평생 싸워야 한다고. 식탐에 져 버리니까 평생 소녀체형을 벗어나지 못하는 거야."

"아자린님은 저보다 더 밝히셨잖아요."

"남자를?"

"머, 먹을 거요! 다이어트하는 모습 본 적도 없는걸요?"

"그래~ 나한테는 해당 사항 없는 얘기야. 아무리 먹어도 내 바디는 언제나 나이스했으니까. 후훗."

"둘 다 조용. 유하가 마나 사이펀 하는 데 방해된다. 그나저나 이 집, 곧 무너질 것 같군."

…록시, 네 말이 제일 방해돼.

멀쩡하고 반듯하게 생긴 모범생의 얼굴로 저런 무서운 말을 아무렇지 않게 한단 말이야.

"유하. 딴 생각 하지 말고 마나를 끌어들이는 이미지만 계속 그려."

"네~ 네."

내가 딴생각한 게 누구들 때문인데.

에휴, 원망해 봤자 나만 손해지.

자, 그럼… 마나부터 느껴야겠지.

"후우우."

숨을 고르고 나서 록시가 알려준 마나의 기운을 되새겼다.

그러자 주변에 만연한 마나들이 서서히 느껴졌다.

마나는 일정한 규칙을 이루어 고르게 퍼져 있었다.

난 그 마나들이 내 몸 안으로 빨려 들어오는 상상을 최대한 리얼하게 했다.

"마나 사이펀을 하는 와중 잡념이 끼어들면 안 돼. 사람의 생각이란 자고로 가만 놓아두면 수도 없이 가지를 치는 법. 그 가지들을 모두 잘라내고 오로지 마나를 모으는 이미지만 그려라."

"맞아요, 유하님. 저는 마나 사이펀을 하다가 정신 차려 보니 디저트를 잔뜩 먹는 상상을 하고 있었어요."

"나도 그랬지. 처음에는 마나가 들어오는 이미지를 그렸었는데, 나중엔 내 몸 안으로 마나가 아닌 남자의……!"

"꺄악!"

퍽!

"또 때렸겠다!"

"사, 살려주세요, 아자린님!"

무시하자.

저 녀석들 대화에 일일이 신경 쓰다 보면 될 일도 안된다.

아무튼 록시는 한 가지 생각에만 전념하는 것이 어렵다 말했지만, 내겐 세상 그 무엇보다 쉬운 일이었다.

정확하게 말해서 난 그 방면에서는 특화되어 있다.

성인이 되고, 공익 생활까지 마친 이후 내 하루 일과는 거의 방 안에 갇혀 지내는 것이 전부였다.

혹시 어느 순간 빙의를 당해 무슨 사고라도 치면 안 되기에, 방 안엔 전자제품은 물론 가구조차 없었다.

이불 한 장만 달랑 깔려 있었다.

그렇다 보니 내가 시간을 때울 수 있는 건 상상의 나래를 펼치는 것밖엔 없었다.

물론 상상의 주제는 대부분 내가 빙의에서 해방된다면 어떤 삶을 살까에 대한 것이었다.

처음엔 나도 내가 생각을 하다가 나중엔 생각이 나를 잡아먹어 정신을 차려보면 다른 생각으로 마무리 짓는 경우가 많았다.

그러나 이짓이 익숙해지다 보니 나중엔 내가 원하는 상상 하나로만 끝까지 맥을 이어 나가는 것이 가능해졌다.

따라서 마나 사이펀 역시 마찬가지다.

난 정신집중을 한 이후부터 계속해서 다른 생각은 일절 않고 마나가 흡수되는 것만 그려 나갔다.

그렇게 얼마나 시간이 흘렀는지 모르겠다.

나도 모르는 사이 무아지경에 빠져들었던 모양이다.

시공간의 개념이 사라지고 갑자기 몸 안이 텅 비는 것 같은 착각이 일었다.

바로 그때!

스으으으으으.

주변에 있던 마나들이 서서히 내 몸 안으로 빨려 들어오기 시작했다.

'뭐야? 마나를 끌어들이는 데만도 빠르면 세 달이 걸린다더니 바로 되잖아. 록시가 괜히 겁부터 준 거였나? 하지만 늘 정공법만 고집할 것 같은 융통성 없는 인간이 그럴 리가…….'

잠시 머릿속에 떠올랐던 의문은 날려 버리기로 했다.

지금은 마나를 모으는 데만 집중할 때였다.

그런데 이놈의 마나가 심장에 도통 쌓이지 않았다.

마나는 내 전신으로 들어와 온몸을 훑고서 다시 나가 버렸다.

그러한 과정을 수십 번이나 반복했다.

한데 그럴수록 점점 더 몸에 힘이 나는 것 같았다.

늘 둔탁하기만 했던 머릿속도 맑아졌다.

난 이게 무슨 조화인지 알아보고 싶었다.

그래서 몸에 들어왔다 그대로 빠져나가는 마나를 관조했다.

한참의 시간이 지나고 나서야 난 몸에 들어왔다 빠져나가는 마나의 기운이 약간 탁해져 있는 걸 느꼈다.

마치 맑은 마나가 스물두 해를 살면서 망가져 있던 내 몸의 탁기를 흡수해서 나가는 것 같았다.

그렇게 가정하고 나니 마나 사이펀이 더욱 신났다.

난 전보다 집중해서 마나를 흡수했다. 마나는 여전히 밖으로 빠져나갔다. 그러나 빠져나간 마나에 어린 탁기가 점점 희미해졌다.

'시간이 얼마나 지났지?

오늘은 이 정도면 되지 않았을까 싶어 눈을 떴다.

처음인데 너무 무리하는 것도 좋지 않을 테니까.

"후우."

크게 숨을 몰아쉬고서 세 여인을 바라보았다.

"어땠어? 나름 잘했지?"

난 칭찬을 받고 싶어서 물어본 것인데, 세 여인은.

"……."

"……."

"……."

입을 떡 벌린 채 무슨 말이 없었다.

"왜들 그래? 사람 불안하게. 뭐 잘못되기라고 한 거야?"

"너……"

록시가 겨우 입을 뗐다.

"어떻게 마나를 흡수했지?"

"뭐? 그걸 나한테 물어보면 어떡해? 네가 시킨 대로 한 것뿐인데."

"하루만에… 마나를 흡수했다고?"

"흡수하긴 했는데… 다시 다 나가 버리더라고."

그러자 아자린이 끼어들었다.

"나가 버리는 건 당연해. 마나가 심장에 쌓이려면 그전에 육신부터 깨끗하고 건강하게 만들어야 하니까."

"그래? 당연한 거였구나."

"중요한 건 그게 아니라… 록시가 말한 것처럼 네가 마나 사이편을 시작한 지 고작 세 시간 만에 마나를 흡수했다는 거야! 진짜 서프라이즈!"

"저도 깜짝 놀랐어요! 루시르 대륙에서도 이런 경우는 본적이 없어요. 마나 친화력이 남달랐던 록시님도 마나 사이편을 시작하고서 두 달이 지나서야 겨우 마나를 흡수했었는데… 유하님이 그걸 하루 만에 해내셨어요!"

"와… 그럼 나 마나 친화력이 엄청 대단한 거네?"

"대단한 정도가 아니야. 하아, 네가 루시르 대륙 사람이 아니라서 우리 기분을 이해 못하는 거라고. 이건 기적이야, 기적! 유하, 너 이 짐승! 얼굴만 잘생긴 줄 알았더니, 이런 재능이 있었어?"

아자린이 가슴으로 내 얼굴을 와락 끌어안았다.

그러자 물컹하는 느낌이 적나라하게 전해졌다.

"그런 차림으로 달라붙지 좀 마!"

아자린을 얼른 떼어냈더니 이번엔 록시가 내게 얼굴을 불쑥 들이밀었다.

그녀는 잔뜩 굳은 표정으로 날 노려보았다.

여자에 대한 면역성이 거의 없는 나로서는 좋아해야 할지, 무서워해야 할지 몰라 난감했다.

방 안에 무거운 침묵이 흘렀고 뜨거운 차 한 잔을 마실 정도의 시간이 흘렀다.

뭐라고 한바탕 쏘아낼 것 같았던 록시는 그대로 등을 돌려 방 밖으로 나가 버렸다.

"…왜 저래?"

영문을 모르겠어서 내가 물었다.

프리린이 어색하게 웃으며 대답했다.

"아무래도 자존심이 상했나 봐요."

"뭣 때문에?"

"록시님이 못했던 걸 유하님이 해내셨잖아요."

"하루만에 마나를 모았다는 거?"

"네. 엄청난 일이니까요. 록시님은 여태껏 마법이나 검술로 누구한테 뒤쳐져 본 적이 없으셨거든요. 태어날 때부터 천부적이었으니까요. 이런 경험은 오늘 처음이었을 거예요."

"흐흥~ 그래서 첫 경험이 중요하지. 유하는 첫 경험 해봤어?"

"아자린. 어째 네 말은 다 이상한 쪽으로 들리는지 모르겠다."

"그렇다면 제대로 들은 거야. 후훗."

"…관두자."

아무튼 의외다.

난 록시가 워낙에 감정 표현을 하지 않기에 매사에 무덤덤한 줄로만 알았다.

그런데 고작 이런 일로 자존심이 상해 토라져 버리다니.

갑자기 그녀가 귀엽게 느껴졌다.

가장 강한 척, 어른스러운 척하고 있지만 사실 내면은 어린아이 같이 순수할 것 같은 그런 기분이 들었다.

"아무튼 축하해. 저승의 황태자랑 계약을 맺더니 마나까지 하루만에 흡수하고. 진짜 겉보기완 다르다니까?"

"맞아요. 우리가 사람을 제대로 선택한 것 같아요."

"너희 말야. 선택이고 자시고 할 것도 없었잖아. 어차피 너희를 볼 수 있는 건 나밖에 없었으니까."

"아, 그거요. 유하님은 어떻게 우리를 볼 수 있는 걸까요? 아까부터 한참 생각했는데 역시 모르겠어요."

"에이, 뭐가 중요해. 일 잘 풀리면 좋은 거지."

"그래도……."

프리린이 뭔가 말을 더 하려 했는데 아자린이 이를 잘라 버렸다.

"유하! 오늘밤에도 이 페이스로 달리는 거야! 알지? 열심히 하면 내가 상으로 화끈한 서비스를 해줄 거라는 거. 벌써부터 달아오르지 않아?"

"응. 달아오르지가 않아."

"어머나… 처음 만난 순간부터 계속 날 막 대하는데! 나 남자한테 이런 대접 받는 거 처음이야. 완전 매력 있어서 깨물어 죽여 버리고 싶어."

"쓸데없는 농담 그만해. 그런데 몸이 많이 가벼워진 것 같아."

"그렇겠지. 마나가 몸 안의 나쁜 기운들을 밖으로 몰아냈으니까."

난 가부좌를 풀고 일어나 가볍게 몸을 풀었다.

확실히 매가리 없던 전보다 내 몸 상태는 많이 좋아져 있었다.

"마나 사이펀… 참 좋은 거네."

아, 그리고 보니 지금 몇 시지?

거실로 나가 시계를 확인하니 여덟 시가 조금 넘어 있었다.

이제 조금 있으면 어머니가 돌아오실 시간이다.

난 어머니에게 변한 내 모습을 빨리 보여주고 싶었다.

이제 더 이상 빙의당할 일이 없다는 사실을 전해 드리고 싶었다.

그런 생각을 하니 일분일초가 더디게 가기 시작했다.

소풍 전날 잠 못 드는 어린 아이처럼 혼자서 잔뜩 신나 어쩔 줄을 몰랐다.

그런데.

"뭐라고 할 건데?"

갑자기 뒤에서 착 가라앉은 목소리가 들려와 화들짝 놀라 고개를 돌렸다.

록시였다.

"록시 너… 진짜 삐진 거야?"

"웃기는 소리! 그런 걸로 토라질 만큼 나약하지 않아. 약간 충격이었을 뿐. 하지만 남자라면 그런 충격 따위 빨리 털어야 하는 법."

"너 여자잖아."

"난 마검왕 록시 드루와일이다. 여자가 아니야."

어휴, 저놈의 꽉 막힌 자존심.

"알았어. 그런데 방금 뭘 물어본 거야?"

"어머니한테 뭐라고 할 거냐고. 왜 오늘부터 빙의에 시달리지 않아도 되는 건지, 그럴듯한 이유라도 생각해 뒀어? 두서없이 지껄이면 더 이상하게 볼 텐데."

"그냥 뭐… 빙의당해서 산에 올랐다가 정신 차려보니 웅혼한 기운이 느껴지는 신비한 도사가 고쳐 주었다… 라고 말하면 안 되겠지?"

난 당장에 록시의 입에서 욕이 튀어나올 줄 알았다.

그런데.

"음… 그럴 듯하군."

이 녀석, 설득당했어.

"그렇게 얘기해."

록시는 고개를 끄덕이고서는 내 방으로 들어가 버렸다.

뭐야… 엄청 단순하네.

*　　　*　　　*

"그게 정말이니, 유하야?"

어머니가 돌아오시자마자 난 록시에게 들려주었던 얘기를 조금 더 살을 붙이고 그럴듯하게 만들어서 되풀이했다.

어머니는 그 얘기를 다 듣고 나서 반신반의하는 표정으로 물었다.

한데 얼굴 속에서 한 가닥 희망이 보였다.

그게 정말이라면 무조건 믿고 싶다는 내심이 여실히 내비쳐졌다.

"네. 정말이에요. 저, 이제부터 다른 사람이랑 똑같이 살 수 있어요. 이제 일도 할 거구요, 돈도 벌어올 거구요, 제가 하고 싶은 일도 하면서 살 거예요."

"그럼 다행이지만… 정말 정말 다행이지만… 엄마가 쉽게 믿어지지가 않네. 미안해, 아들."

"지금 당장 믿어달라는 거 아니에요. 앞으로 지켜보시면 되잖아요. 저, 이제 괜찮아요. 빙의당해서 위험한 사고 일으키기도 않을 거고, 어머니 난처하게 만들지도 않을 거예요."

"그렇게만 된다면 엄마가 더 바랄 게 뭐 있겠니?"

어머니의 크고 동그란 눈가에 눈물이 맺혔다.

난 어머니의 눈물을 닦아주었다. 그러자 어머니가 내 두 손을 꼭 잡았다.

"그렇게만 된다면… 뭘 더 바라겠어. 흐으윽!"

결국 어머니는 고개를 숙이고서 눈물을 흘리셨다.

그 모습에서 지금껏 나로 인해 얼마나 힘들었는지 여실히 느낄 수 있었다.

나까지 가슴이 짠해져 눈물이 고였다.

"저 믿고 걱정 놓으세요. 하나밖에 없는 아들이 여태껏 고생시킨 것들 다 갚아드릴게요."

"아니야. 난 우리 아들만 멀쩡하면 그걸로 돼. 돈은 엄마가 벌어올게. 그냥… 이렇게 건강한 모습 매일 볼 수 있으면 그걸로 족해."

가슴이 찢어질 것처럼 아팠다.

골칫덩이인 아들한테 어머니는 아무것도 바라는 것이 없었다.

그저 건강하고 행복하게 지낼수 있다면, 남들처럼 살 수 있다면 그걸로 됐다고 하신다.

하지만 그걸로는 내가 만족할 수 없다.

고생으로만 점철되었던 내 인생을, 우리 가족의 인생을 전부 바꿔 놓을 것이다.

아직 내겐 젊음이 있다.

눈에 불을 켜고 덤비면 무얼 하더라도 성공할 자신이 있었다.

귀신에게 홀려 지내면서도 어떻게든 살아왔다.

하나, 이제 난 더 이상 그럴 일이 없어졌다. 게다가 일반인들은 가질 수 없는 능력까지 갖게 되었다.

지금 내 안엔 무한한 자신감이 무럭무럭 자라나고 있었다.

"흐으윽. 흐윽!"

여전히 흐느끼는 어머니의 등을 말없이 쓸어주었다.

그러자 어머니가 내 품에 살며시 안겼다.

…항상 날 안아주기만 하셨던 어머니가, 처음으로 내게 안겼다.

그제야 알았다.

어머니가… 이렇게 작았다는 것을.

*　　　*　　　*

"후에엥. 너무 감동적이에요."

"얘가 왜 이래? 그만 울어. 여자의 눈물은 남자를 홀릴 때만 사용해야 한다는 거 몰라?"

"후에에에엥! 그런 거 몰라요. 아자린님도 울고 있잖아요!"

"누가 운다 그래! 하품한 거야, 하품!"

"후에에에에엥!"

"둘 다 시끄럽다. 남자는 태어나서 세 번 울어야 하는 법. 대련에서 졌을 때, 실전에서 졌을 때, 전쟁에서 졌을 때! 그때가 아니면 눈물을 흘려선 안 돼."

"프리린은 여자라니까요! 후에에에에엥!"

이놈의 귀신들이 어머니가 거실에서 잠드신 다음부터 계속 이러고 있다.

우리 집은 거실겸 주방인 공간이 하나, 작은 방이 하나, 화장실이 하나다.

그중 작은 방은 내가 사용하고 있고, 어머니는 늘 거실에서 잠을 청하셨다.

내일부터는 어머니를 방으로 들이고 내가 거실에서 잠을 잘 생각이다.

더 이상 내 방에 자물쇠는 필요 없을 테니까.

"다들 조용히 좀 해. 나 마나 사이펀 할 거야."

내가 선전포고를 한 다음 가부좌를 트니, 다행히 세 여인은 침묵을 지켰다.

사위가 조용해졌고, 비로소 난 눈을 감았다.

*　　　*　　　*

마나 사이펀이라는 건 할 때마다 날 무아지경으로 이끌고 들어가는 것 같다.

난 마나를 모으는 이 과정이 참 마음에 든다.

아무런 잡생각 없이, 고요한 공간 안에서 마나 하나에만 집중하는 순간 자체가 즐겁고 행복했다.

눈을 감고 나서 얼마 지나지 않아 의식이 깊은 곳으로 침잠했고, 시간의 흐름이 잊혔다.

마나는 쉴 새 없이 몸 안으로 들어왔다가 다시 빠져나가기를 반복했다.

그 주기가 갈수록 빨라졌다.

이와 비례해 내 몸엔 점점 더 맑은 기운이 가득 차며 힘도 넘쳐흘렀다.

물론 내가 갑자기 근육맨이 되었다든가 하는 건 아니다.

아직도 일반인들의 몸에 비하면 근력과 체력이 한참 달릴 것이다.

마나 사이펀을 하기 전의 내 육신에 비교하자면 기운이 넘친다는 얘기다.

즐겁고, 즐겁고, 즐거웠다.

세상에 이렇게 즐거운 행위가 또 있을까 싶을 정도로.

범인은 천재를 이기지 못하고, 천재는 즐기는 자를 이기지 못한다고 했었나?

마나 사이펀에 푹 빠져들어 즐기다 보니 또 한 번의 변화가 찾아왔다.

어느 순간부터 흡수한 마나가 다시 새어 나가지 않기 시작했다.

몸 안으로 들어온 마나들은 편안한 흐름을 보이며 전신을 부유했다.

'혹시……?

난 그 마나들이 심장에 모여드는 이미지를 그렸다.

그러자 마나에 내 의지가 전해졌고, 곧 전신에 퍼져 있던 마나들이 심장으로 천천히 움직였다.

시간이 흐를수록 마나의 이동은 더욱 빨라졌다.

내 의지로 완전히 컨트롤할 수 있게 된 것이다.

마나 사이펀으로 흡수하는 마나의 양도 점점 더 많아졌다.

'정말 신나!

이렇게 즐거울 수가 있나!

마나는 몸 안으로 들어오는 족족 심장에 모여들었다.

그것이 처음에는 쌀알만 한 크기가 되더니 나중에는 콩알만 해졌고, 지금은 눈깔사탕만 해졌다.

심장에 자리한 묵직한 마나의 기운을 확연히 느낄 수 있었다.

마나는 청량함 그 자체였다.

난 재밌는 게임에 빠져 시간 가는 줄 모르는 아이처럼 이후로도 쉬지 않고 마나 사이펀을 계속해 나갔다.

*   *   *

드디어 마나가 주먹만 해졌다.

록시가 말했던 바로 그 크기였다.

'오늘은 이 정도로 해둘까?'

그리 생각하고서 마나 사이펀을 멈추려던 그때.

휘이이이이이이잉!

심장에 모인 마나의 덩어리가 갑작스레 회전했다.

'뭐, 뭐야, 이건?'

록시가 말했던 내용에 이런 과정은 없었다.

정신없이 회전하는 마나로 인해 내 몸까지 바들바들 떨리고 있었다.

이거 뭔가 잘못된 게 아닌가 싶은 생각이 들었다.

그러자 마음까지 불안해졌다.

하지만 마나는 이미 내 통제를 벗어나서 제 멋대로 더욱 빠르게 회전하고 있었다.

'어떻게 해야 하지?'

내가 갈피를 못 잡고 당황스러워 하는 순간, 다행스럽게도 마나의 회전이 멎었다.

그리고 마나의 덩어리가 내 심장에 하나의 고리를 둘렀다.

'이건 대체…….'

감았던 눈을 떴다.

당연한 얘기지만 세 여인은 마나 사이펀을 끝낸 날 주목하고 있었다.

그런데 그 표정들이 하나같이 경악스러웠다.

"말도 안 돼요……."

"지금 쟤… 1서클 된 거 맞지?"

"……."

프리린과 아자린은 한마디씩을 건넨 뒤 더 이상 아무말도 못했다.

록시는 분하다는 표정으로 입술을 잘근거리더니 방 밖으로 나가 버렸다.

"이번엔 또 뭐야? 내가 뭘 했는데?"

난 설명을 요구했으나, 그 누구도 쉽게 입을 열지 않았다.

다만 이 상황을 어찌 받아들여야 좋을지 모르겠다는 제스처만 계속 취할 뿐이었다.

CHAPTER **03**
스켈레톤

현대 강림 마스터

땅거미가 서서히 물러가는 새벽.

난 침대 위에 앉아 있었고, 아자린은 그런 내 주변을 정신 없이 빙빙 날아다녔다.

프리린은 천장에 거꾸로 매달려 심각한 얼굴로 고민에 빠 졌다.

록시는 아까 나간 뒤로 들어오지 않았다.

"아, 정신없어. 그만들 해."

그러자 아자린이 내 옆에 털썩 주저앉았다.

프리린도 천장에서 내려와 아자린의 곁에 나란히 앉았다.

"너 지금 얼마나 엄청난 일을 한 건지 모르지?"

"너희가 하도 난리를 치니까 그런 것 같긴 한데, 피부에 와 닿지가 않아."

"간단하게 설명해 줄게. 록시는 마나 친화력이 엄청났어. 천재 이상이었지. 그런데 그런 록시가 마나를 몸 안으로 끌어들이는 데 두 달, 그 마나로 몸 안을 청소하는 데 보름, 다시 마나를 주먹만 한 크기까지 모으는 데 세 달이 걸렸다고."

"그런데 유하님은 그걸 다 하루 만에 해치우셨잖아요."

"그러니까 말이야. …조루."

"누가 조루야! 그게 어떻게 그런 식으로 비유가 돼!"

물론 아직 여자와의 경험 자체가 없어서 조루인지 어떤지는 잘 모르겠지만… 아무튼 아자린의 저 어법은 도통 적응이 되질 않는다.

"어쨌든 너희 말은 내 마나 친화력이 록시보다 뛰어나다는 거지?"

"그 정도가 아니라 거의 사기급이야. 대체 어떻게 된 거래? 지구에 살면서 우리를 보는 것도 그렇고, 벨차크와 계약을 하지 않나, 이제는 하루만에 1서클 마스터라니."

"저기, 잠깐."

"뭐?"

"아까부터 그 1서클 마스터라는 소리만 계속 하는데, 난 무슨 말인지 모르겠어."

"록시가 마나에 대해 전해주면서 그건 빼먹었나 봐?"

"내가 록시에게 받은 기억 속엔 마나의 개념만 들어 있었어."

"간단하게 설명하자면, 네 심장에 마나의 고리 하나가 생겼지?"

"응."

"그걸 1서클이라고 해."

"그럼 마나의 고리는 무슨 역할을 하는 건데?"

"본래 네가 심장에 모은 마나들은 서클을 이루기 전까지는 사용해 버리면 모두 소모되서 다시 모아야 돼. 그게 맞지?"

"응. 당연한 얘기지."

"하지만 서클이 생기면, 네가 마나의 고리에 모인 마나를 모두 소진했다 하더라도 저절로 충전이 되는 거야."

"아……."

"그리고 지금은 마나의 고리가 하나지만 마나 사이편을 꾸준히 해서 더 많은 마나가 모이면 고리는 두 개로 늘어날 거야. 그럼 그걸 2서클이라고 불러."

"내가 모은 1서클만큼의 양을 더 모으면 2서클이 되는 거야? 내일이면 2서클 되겠네?"

"아니야. 2서클이 되기 위해선 1서클을 완성했을 때보다 훨씬 마나를 모아야 돼."

"그렇구나."

"사람이 오를 수 있는 한계치는 9서클이야. 그리고 록시가 바로 그 9서클에 오른 사람이었어. 대마법사 그란돌님을 제외하면 유일했지."

"대마법사 그란돌이라면… 영웅왕 오하렌을 반강제적으로 지구로 보냈던 그 사람?"

"응."

"너희도 결국 그 사람이 보내서 지구에 오려다가 죽은 거잖아?"

"…그렇지."

아자린의 표정이 살짝 어두워졌다.

자신이 죽던 순간을 떠올렸기에 그런 건가?

하지만 궁금한 게 있었기에, 난 그런 아자린의 심정을 모른 체하고서 질문을 던졌다.

"그런데 저번에도 물어보려다 말았지만, 그란돌은 왜 직접 지구로 오지 않고 다른 영웅들만 보낸 거야?"

"몰라. 끝내주는 여인이랑 눈 맞아서 목숨 걸고 차원이동 하기 억울했나 보지."

"장난치지 말고."

내가 진지하게 받아치니 아자린은 쉽게 입을 열지 못하고 뜸을 들였다.

그러자 프리린이 나와 아자린 사이에 끼어들어 배시시 웃었다.

"그건 나중에 얘기해 드릴게요, 유하님."

아무래도 그란돌과 영웅왕 무리 사이에 뭔가 복잡한 사연이 있었던 모양이다.

그리고 그 사연은 필시 깨끗하고 아름다운 이야기가 아니겠지.

굳이 말하기 싫어하는 것을 끄집어낼 필요성을 느끼지 못해 화제를 돌렸다.

"아무튼 이제 나도 사령술을 제대로 사용할 수 있는 거지?"

"아, 맞다! 사령술!"

아자린은 언제 심각했었냐는 듯 벌떡 일어서서 지팡이를 휘둘렀다.

"자~ 지금부터 사령술 강의를 시작하겠습니다."

아자린인 내게 윙크를 날리더니 지팡이를 두 손으로 잡아 일자로 세웠다. 그리고는 지팡이 끝에 느닷없이 키스를 날렸다.

쪽.

"…이상한 짓 하지 말고 강의를 해, 강의를."

"그전에! 이제부터 모시게 될 스승에게 제대로 예의를 갖춰줬으면 좋겠네요."

뭐야, 갑자기?

안 하던 존댓말을 다하고.

사령술을 강의할 때만큼은 진지한 자세로 임하라 이건가?

그렇다면 나로선 환영이지.

"어떻게 예의를 갖추면 되는 겁니까?"

"우선 내 앞에 무릎 꿇어 앉으세요."

난 시키는 대로 따라 했다.

아자린은 그런 날 내려다보더니 씩 웃고서 오른발을 내밀었다.

"그리고 내 발을 핥아라, 노예야."

"이게 진짜!"

사령술이고 나발이고 다 때려치워 버릴까 보다!

"왜 그래? 사령술 배우기 싫어?"

"이게 어떻게 사제지간의 예의야? 주인이 종 부리는 거지."

"우리 유하~ 볼수록 까칠한 매력이 있네?"

…이러다가 사령술을 배울 수 있기나 한 걸까?

골치가 아파 한숨만 푹푹 쉬고 있자니, 록시가 닫힌 방문을 뚫고 스르르 나타났다.

아자린이 그런 록시를 보고서 반갑게 인사했다.

"록시~! 토라진 건 풀렸어?"

"그런 적 없어. 상식적으로 이해되지 않는 유하의 성장에 대해서 그 원인이 뭔지 찾아보기 위해 고민의 시간을 가졌을 뿐이다."

"솔직하지 못하기는."

"에헤~ 록시님, 귀여우세요."

"프리린… 내가 싫어하는 단어가 뭔지 잘 알고 있을 텐데?"

록시의 눈에서 살기가 쏘아졌다.

프리린이 당장 입을 다물고서 바들바들 떨며 사과했다.

"꺅! 죄, 죄송해요! 다시는 귀엽다는 말 안 할게요!"

그제야 록시는 살기를 거두어들였다.

"그런데 사령술은 언제 전수해 주려는 거지?"

"안 그래도 가르쳐 주려는 참이었는데 유하가 워낙 비협조적으로 나와서 말이야~"

"비협조적은 대체 누가……."

"시끄럽다, 유하! 남자라면 변명하지 마라!"

"……."

"자, 그럼 다시 강의에 들어가겠어. 유하야."

"왜."

"가슴에 있는 마나를 여기까지 끌어올려 봐."

아자린이 그리 말하며 검지로 자신의 정수리를 가리켰다.

"마나를 어떻게 거기로 끌어올려?"

"가슴에 있는 마나의 기운이 느껴지지?"

"응."

"그것을 정수리로 끌어온다고 생각해. 한마디로 마나에다 네 의지를 전하는 거야."

"알았어. 해볼게."

이른바 또 다시 이미지 트레이닝이라 이거지?

내가 특화된 분야이기에 그건 전혀 어렵지 않았다.

난 심장의 마나를 잠시 관조하다가 그것이 정수리에 올라가는 이미지를 그렸다.

그러자 내 의지가 전달된 것인지 마나는 서서히 요동치더니 어느 순간 정수리로 옮겨와 있었다.

"했어."

"역시 배우는 게 빠르네. 무서울 정돈걸?"

"그다음은?"

"잠시 기다려. 정수리에 자리한 마나가 점점 다른 기운으로 변화되는 게 느껴질 거야."

아자린의 말대로 마나는 미세하게 진동하더니 이윽고 전혀 다른 성질의 기운이 되었다.

마나가 시원하고 따뜻하면서도 청아한… 그런 맑은 기운이라면 지금 정수리에 자리한 기운은 조금 무겁고 어두운 이미지가 강했다.

"바뀐 것 같은데?"

"그래. 정수리에서 바뀐 그 기운이 바로 영력, 소울 파워야. 마나가 네 정수리, 소울 홀로 들어가서 소울 파워로 치환된 거지. 여기서부터가 진짜야. 1서클의 소울 파워로 네가 소환할 수 있는 저승의 망령, 즉 언데드 몬스터는 스켈레톤밖에 없어."

"스켈레톤이면 뼈다귀만 남은 괴물 말하는 거지?"

"응. 하지만 네가 소환하면 충실한 네 종이 되겠지?"

그 말에 가슴이 두근거렸다.

내가 판타지영화 속에서나 등장했을 법한 그런 존재들은 실제로 소환할 수 있단 말이야?

그게 정말 가능하단 말이야?

나도 모르게 상기된 마음이 그대로 얼굴에 드러난 모양이다.

프리린이 내 옆구리를 쿡 찔렀다.

"유하님, 표정관리 안 되시네요? 에헤헤, 귀여워요."

"아, 그, 그래."

"유하. 정신 차려! 지금 수업 중이잖아."

"알았어. 그럼… 이제 어떻게 할까?"

"네가 소환하고자 하는 언데드 몬스터의 이름을 불러."

"…스켈레톤!"

윽! 너무 긴장해서 목소리에 힘이 들어가 버렸다.

마치 영화속 영웅의 서사적 대사처럼 소리치고 말았다.

"쿡!"

아자린이 바로 날 비웃었다.

한데 그런 거 지금은 아무래도 좋다.

지금 내 정신은 스켈레톤이 진짜 소환될 것인지에만 쏠려 있었다.

정수리에 자리했던 소울 파워가 살짝 줄어드는 것이 느껴졌다. 이어, 갑작스레 바닥에서 검은 연기가 솟구쳤다.

그것은 곧 한데 뭉치더니 뼈다귀의 형상을 갖춰갔다.

잠시 후, 검은 연기는 열 마리의 스켈레톤으로 완벽하게 변해 있었다.

"맙소사……."

내가 해놓고도 믿기지 않는다.

정말 저승의 존재가 지구에, 그것도 내 앞에 나타날 줄이야!

"이걸… 진짜 내가……?"

아자린에게 물었는데 대답이 없다.

그녀는 입을 쩍 벌리고서 나와 스켈레톤들을 번갈아봤다.

"왜 그래?"

"여, 열? 1서클의 소울 파워로 스켈레톤 열을 소환했다고? 말도 안 돼……."

"그게 뭐가 말이 안 돼?"

"보통 1서클에서는 아무리 사령력이 좋다고 해도 스켈레톤 다섯 이상은 소환 못해. 내가 그랬으니까. 그런데 열이라니!"

"그래? 내가 또 대단한 걸 저질렀다 이거네?"

"대단한 정도가 아니야… 말도 안 된다고!"

난 뒤통수를 긁적이며 입맛을 다셨다.

"쩝. 이게 그 정도로 엄청난 건가?"

"하아. 들어봐. 사령술을 사용하기 위해서는 두 가지가 필요해. 소울 파워와 사령력이야."

"근데 그 사령력이란 것의 정확한 정의가 뭐야?"

"사령력은 네가 지옥의 황태자 벨차크와 계약을 맺게 한 힘이야. 사령술사로서의 네 재능과 잠재력이 얼마나 큰지 가늠하는 척도가 된다는 말이지."

"그럼 소울 파워는 뭔데?"

"소울 파워는 네가 소환할 수 있는 언데드 몬스터의 등급을 정하게 해주는 거야."

"아, 그럼 사령력은 그 몬스터들의 소환 개체수에 영향을 끼치는 거구나?"

"맞아. 일반적인 사령술사들은 1서클이 되었을 때, 스켈레톤 두세 마리 정도밖에 소환 못해. 물론 한 마리만 소환하는 녀석도 있고. 난 자그마치 다섯이었어. 그런데 넌! 열이나 소환해 버렸다고!"

아자린이 그녀답지 않게 열을 내며 흥분했다.

그녀가 내 얼굴에 그녀의 얼굴을 바짝 갖다댔다.

"아직도 모르겠어?"

"아, 알겠어."

"하아, 록시의 심정이 이해가 돼."

"네 멋대로 날 상황 속에 끼워 맞추지 마라! 난 기분 상한 적 없다!"

"어머나? 난 네가 기분 상했었다는 말은 안 했는데?"

"시끄럽다!"

록시가 아자린에게 톡 쏴붙였다.

기분이 많이 상한 모양이었다.

웃기는 건 록시가 열을 내니 아자린은 언제 좌절했었냐는 듯 생글거리며 웃었다.

남의 불행은 무조건 자신의 행복이라는 건가?

심보 참.

"아무튼, 유하! 이 스켈레톤 다 네가 소환한 거야. 기분이 어때?"

"끝내줘. 근데… 소울 파워가 계속 줄어들고 있어."

"스켈레톤을 이승에 붙잡아 놓는 동안에도 네 소울 파워가 필요하니까. 소울 파워가 고갈되면 스켈레톤은 다시 저승으로 돌아가게 돼."

"그래?"

"1서클에서는 한 마리를 소환하면 삼십 분 동안 붙잡아 둘 수 있을 거야. 그러니까 지금처럼 열 마리를 동시에 소환하면?"

"삼 분밖에 버티지 못하겠지."

"맞아. 아이, 똑똑해~"

아자린이 내 머리를 슥슥 쓰다듬었다.

"이제 저 스켈레톤들이 내 말을 듣는 거야?"

"응. 뭐라도 명령을 내려봐."

막상 명령을 내리라고 하니 뭘 해야 할지 모르겠다.

내가 우물쭈물거리고 있자 아자린이 재차 말을 이었다.

"아무거나 내려도 돼."

"아자린은? 스켈레톤을 소환해서 무슨 명령을 내렸는데?"

"나? 루시르 대륙에서는 툭하면 전쟁이 일어났었으니까. 주로 전쟁터에서 불러 사람을 죽였지. 뭐… 가끔 짜증나는 인간 있으면 그 인간을 죽이라 명령하기도 했고. …이 대목에서 왜 날 의미심장하게 쳐다보는 건데?"

"아니야."

명령이라.

괜히 마음이 들떠서 머릿속이 뒤죽박죽이었다.

난 천천히 심호흡을 해서 들뜬 마음을 가라앉혔다.

스켈레톤들은 내 명령을 기다리는 듯 가만히 서서 꼼짝도 않고 있었다.

살은 하나도 붙어 있지 않고 뼈다귀로만 만들어진 존재가 당연하다는 듯이 이곳에 있다.

텅 비어버린 스켈레톤들의 눈구멍에서는 붉은 안광이 은은하게 빛을 발했다.

"스켈레톤."

내가 부르자 스켈레톤들이 일제히 날 바라보았다.

"손 들어."

스켈레톤들은 두 손을 위로 천천히 들어 올렸다.

"손 내려."

들었던 손을 다시 내렸다.

"앉아."

스켈레톤들이 앉았다.

"일어서."

다시 일어섰다.

"…지금 체조 시키나?"

보다 못하겠는지 록시가 날 제지했다.

"꺄하하하하! 뭐하는 거야, 너!"

아자린은 침대 위에서 배를 잡고 뒹굴었다.

"그, 그만하세요, 아자린님. 유하님 민망하겠… 풉."

프리린이 그런 아자린을 말렸다. 하지만 프리린도 웃고 싶은 걸 억지로 참느라 입은 꼭 다물고 눈을 부릅떴다.

"…돌아가."

의기소침해진 난 스켈레톤들을 저승으로 돌려보냈다.

놈들은 나타났을 때와 마찬가지로 다시 검은 연기가 되어 사라졌다.

"말도 안 되는 재능을 가지고 있으면서 그따위로 활용하다니. 돼지 목에 진주 목걸이를 단 격이군."

록시가 가뜩이나 아픈 마음을 쿡쿡 쑤셨다.

그렇게 내 첫 번째 사령술 수업은 끝이 났다.

*   *   *

"밤을 꼴딱 샜는데, 피곤하지가 않네."

창문 너머로 흘러 들어오는 빛이 따사로웠다.

"네 안에 자리한 마나의 기운이 피로를 몰아낸 거다. 계속해서 마나 사이펀을 하면 몸은 더욱 건강해지고, 잠도 줄어들 거야. 그러니 게으름 피우지 마."

"말 안 해도 그럴 거야."

그때, 내 방문이 열리고 어머니가 들어왔다.

"유하야, 일어났니?"

"네, 일어났어요."

혹여라도 어머니가 걱정할까 봐 거짓말을 했다.

"일찍 일어났네. 평소 같았으면 아직도 꿈나라였을 텐데."

"그러게요. 정신도 맑고, 몸도 가벼워요."

"그래? 그럼 엄마랑 아침 먹을까?"

"네. 배고프네요."

어머니는 밝게 미소 짓고서 싱크대로 향했다.

그러고 보니 어머니와 아침을 먹어본 게 언제인지도 모르겠다.

밖에서 칼질하는 소리와 구수한 된장 냄새가 내 방으로 흘러 들어왔다.

"밥 먹자, 유하야."

"네!"

순식간에 아침상을 차린 어머니가 날 불렀다.

거실로 나가 보니 작은 상 위에 된장찌개와 두부 조림, 김치, 계란말이와 김이 놓여 있었다.

그걸 보자마자 입안에서 군침이 돌았다.

난 어머니와 상에 마주 앉아 밥부터 크게 한 술 떠 입에 집어넣고, 된장찌개를 맛보았다.

캬~! 꿀맛이다.

그동안은 밥맛을 제대로 느끼지도 못하고서 살기 위해 음식들을 우겨넣었었다.

일상이 피곤하고 우울하니 입맛도 떨어지는 게 당연했다.

난 수저를 바쁘게 놀려 상 위에 있는 음식들을 급하게 해치워 댔다.

"천천히 먹어, 체할라."

"괜찮아요."

순식간에 밥 한 그릇을 뚝딱 비우고 나니, 어머니가 기분 좋은 얼굴로 날 지그시 바라보았다.

한데, 어머니의 밥그릇은 비워지지 않고 그대로였다.

"어머니, 안 드세요?"

"우리 아들 먹는 것만 봐도 배부르네?"

그리 말한 어머니의 눈에 눈물이 고였다.

어머니에게는 아들이 잘 먹는 모습 자체가 그토록 큰 감동인 모양이다.

"그래도 드세요. 일 나가시면 계속 서 계셔야 할 텐데. 쓰러지면 어쩌려구요?"

"유난 떨기는."

"왜요? 아들이 챙겨주니까 싫어요?"

"아니~ 정말 좋아. 이게 꿈인지 생시인지 모르겠다."

어머니는 눈물을 닦고서 겨우 식사를 했다.

맛있게 드시는 그 모습이 내 가슴에 깊이 박혔다.

*　　*　　*

어머니가 출근하시고 난 뒤, 난 자유를 만끽하기 위해 밖으로 나가려 했다.

여태껏 그놈의 빙의 때문에 한 번도 마음 놓고 밖을 돌아다녀 본 적이 없었기 때문이다.

대충 옷을 걸쳐 입고 밖으로 나가려 하던 그때.

쾅쾅쾅!

누군가 우리 집 현관문을 거칠게 두들겼다.

"누구세요?"

"누굴 거 같은데요?"

뭐야? 장난하나?

"누구시냐니까요!"

"누군지 말하면 문 열어줄 거예요? 뭐, 안 열어줘도 돼요. 부수고 들어가면 되니까!"

쾅!

시끄러운 소리와 함께 잠금쇠가 떨어져 나가며 문이 열렸다.

열린 문 너머로 검은 양복을 걸친 무서운 인상의 사내 셋이 걸어 들어왔다.

그중에서 가장 앞에 서 있던 꺽다리가 실실 웃으며 내게 말했다.

"씨팔, 집구석도 좆나게 좁네. 어휴, 오래간만이에요? 우리 얼굴 본 지가 한 일 년 됐나?"

"……"

우리 집을 찾아온 세 명의 사내는 사채업자들이었다.

"사장님. 우리한테 줘야 할 돈 제때 지급 못한 게 두 달째예요. 매일 돈 붙여주던 아줌마가 어머니 되시죠? 지금 어디 계세요? 일 나가셨어요?"

어머니는 내가 빌린 사채를 여태껏 대신 갚아오고 계셨다.

그런데 이번에 사정이 안 좋았는지 두 달을 밀려 버린 모양이다.

'하아, 미치겠네.'

사실 난 이들에게서 빌린 사채 돈을 단 한 푼도 쓰지 않았다.

아니, 그럴 수가 없었다.

내가 정신을 차렸을 땐 이미 내 이름으로 사채를 빌린 다음 그 돈을 다 생전 알지도 못하는 사람들에게 모두 주고 난 이후였으니까.

사정이 어찌 된 것이냐면, 1년 전 내게 빙의를 한 귀신이 사채업자들에게 목돈을 빌린 뒤 자신의 가족에게 가져다주고 성불한 것이다.

그 귀신은 살아생전 노름을 좋아하는 사십대 남자였는데, 노름빚이 너무 쌓여 가족들이 골골대자 마음을 다잡고 다시 일을 시작했다.

다행히도 젊었을 적 배워놓은 기술이 있어 착실히 일하니 빚도 점점 줄어들었고, 이제는 새 삶을 살 수 있겠다 싶던 순간 사고로 비명횡사했다.

그때 그 귀신의 집에 남아 있는 빚이 삼백 정도였다.

귀신의 가족들은 여태껏 그가 벌어주는 돈으로 생활을 해온 터라, 당장 어려운 상황에 처하게 되었다.

그에 귀신은 성불하지 못하고 억울해하다가, 마침 날 발견하고서 냅다 빙의한 다음 사채로 삼백을 빌려 가족에게 준 것이다.

그래도 양심은 있있는지 말도 안 되는 돈을 빌리지는 않았으나, 이미 삼백이라는 금액도 내게는 환장할 노릇이었다.

귀신은 내게서 빠져나온 뒤 이런저런 사정을 설명하고서 정말 미안하다고 사죄했지만, 그런다고 내 이름으로 빌린 사채 빚이 사라지는 건 아니었다.

난 돌아버리기 일보 직전이었으나, 귀신은 어느 정도 마음의 짐을 덜었다며 성불해 버렸다.

귀신의 가족들 역시 한번 들어온 돈을 다시 내어줄 생각은 없는 것 같았다.

어머니가 내 사정을 충분히 설명하고서, 이건 내 자식이 빌린 게 아니라 내 자식한테 빙의한 그쪽 집안 가장이 빌린 것이라고 했지만 그런 말이 먹힐 리 없었다.

어찌 되었든 그 이후로 어머니는 어쩔 수 없이 사채 빚을 갚아 나갔다.

하지만 고작 한 달에 백만 원 조금 넘게 벌면서 빚까지 갚는다는 게 쉬운 일은 아니었다.

사채라는 것이 제때 이자를 갚지 못하면 그 액수가 터무니없이 불어버린다.

난 간혹 어머니에게 지금 사채 빚이 얼마나 되느냐고 물었지만, 어머니는 네가 신경 쓰지 않아도 된다며 대답을 해주지 않았다.

"저번 달에 사장님 어머니가 직접 우리한테 찾아와서 한 달 이자만 어떻게 안 되겠느냐고 사정사정 하더라고. 그래서 내가 그럼 사장님 만나 뵙고 직접 해결하겠다 했지. 그랬더니 그건 절대 안 된다면서 어떻게든 돈 만들어 부치겠다 하더라고? 그런데 씨팔, 두 달이 넘도록 소식이 없어, 소식이!"

쾅!

껑다리가 이미 반쯤 부서진 문을 다시 걷어찼다.

"이제 어떻게 할 거야? 나랑 계약한 게 사장님이니까, 사장님이 해결해 주서야지?"

"갚아야 할 돈이… 얼마입니까?"

"원금, 이자, 다 합쳐서 천!"

"…처, 천이요? 어떻게 삼백을 빌렸는데 일 년 새에 천이 됩니까!"

"사장님. 지금 댁 어머니가 다달이 제대로 돈 부쳐 준 줄 알아요? 늘 모자랐다고. 원금은커녕 이자도 맨날 빵꾸 났어. 그러니 돈이 부는 게 당연하지! 게다가 이번엔 두 달이나 밀렸잖아? 그게 얼마나 큰지 알아!"

"하지만 당장 천을 어떻게……."

다리가 떨려 죽겠다.

난 귀신보다 오히려 이런 류의 인간들이 더 무섭다.

법보다 주먹이 더 가까운 인간들.

돈을 위해서라면 어떤 비인간적인 행동도 아무렇지 않게 일삼는 인간들.

그런 인간들이 가장 무섭다.

"누가 당장 토해내래?"

꺽다리가 나한테 명함 한 장을 꺼내 휙 던졌다.

"일단 두 달치 밀린 거라도 내놓으란 말이야. 오늘 저녁까지 어떻게든 백만 원 만들어서 가지고 오지 않으면, 사장님 어머니 일하는 데 가서 신나게 한판 놀 참이니까 그리 아세요."

"뭐라구요?"

"아, 씨팔. 싫으면 장기 하나 내어주고 퉁치든가. 그것도 싫으면 어머니 아직 반반하던데 사창가에서 한 몇 달 몸이나 팔든가!"

내가 아무리 겁쟁이라도 지금은 도저히 참을 수가 없었다.

"이 개새끼야!"

나도 모르게 욕을 하는 순간.

퍽!

"악!"

주먹이 날아와 내 안면을 그대로 가격했다.

콰당!

뒤로 죽 밀려나 바닥에 엎어지니 욕설과 함께 발길질이 쇄도했다.

"이 어린 새끼가, 사장님, 사장님 해주니까 처돌았나!"

퍽퍽퍽퍽!

"아악! 악!"

여기저기서 날아드는 발이 내 온몸을 구타했다.

"뭐? 개새끼? 이 호로 잡놈의 새끼가! 내가 네 친구로 보이냐! 엉!"

퍽퍽퍽퍽!

"아아악!"

계속해서 맞다 보니 고통이 점차 사라지고 정신이 아득해졌다.

이대로 더 맞다가는 그대로 졸도하겠다 싶은 순간, 발길질이 멎었다.

"카악~ 퉤!"

툭.

가래침을 뱉는 소리가 들렸고, 무언가가 내 등에 툭 떨어졌다.

"분명히 말했다. 오늘 저녁까지 백만 원이야. 준비 못하면 아주 죽을 줄 알아! 가자!"

꺽다리가 다른 건달들과 함께 집을 나서려 했다.

억울했다.

억울해 미칠 것 같았다.

그래, 빙의를 당했든 어쨌든 삼백만 원을 빌린 건 나고, 그것부터가 잘못이었다.

하지만 삼백이 일 년 새 천이 되었다.

그런데 두 달간 이자를 못 냈다고 집으로 찾아와 이토록 깽판을 부렸다.

어머니를 욕되게 했고, 나를 가축처럼 구타했다.

그래놓고도 아무런 죄책감조차 느끼지 못한 채, 당당히 걸어 나가려 하고 있다.

이대로 보낼 수는 없었다.

나한테는 이제… 힘이 있다.

하지만 그 힘을… 써도 되는 걸까?

이 세상에 알려지면 큰일이 날지도 모를 이 힘을 사용해도 되는 걸까?

건달들은 점점 멀어져 가는데, 억울해 죽겠다고 하면서도 쉽게 결정을 내리지 못하는 내 귓가에 록시의 음성이 들려왔다.

"유하야."

"……."

"참지 마."

그 말을 듣는 순간 나도 모르게 웃어버린 것 같다.

그리고.

"스켈레톤!"

내 부름에 검은 연기가 피어오르며 다섯 마리의 스켈레톤이 나타났다.

건달들은 내 외침에 무심코 뒤를 돌아봤다가 그대로 굳어

버렸다.

"후우… 후우……."

난 엉망이 된 몸을 겨우 일으켜 건달들을 노려보았다.

녀석들은 붉은 안광을 내뿜는 스켈레톤 군단을 보며 혼란스러워 했다.

"저, 저게 다 뭐냐?"

"해, 해골?"

"아니, 갑자기 저게 어디서……?"

내 손이 천천히 들어 올려졌다. 그리고 세 명의 건달을 가리켰다.

"명령을 내리겠다."

스켈레톤 군단이 일제히 날 바라봤다.

"저 개새끼들 조져 버려!"

명이 떨어지자 스켈레톤 군단이 건달들에게 달려나갔다.

"우, 우아아아악!"

"해, 해골이 움직입니다!"

"귀, 귀신이다!"

스켈레톤들은 놀라서 소리치는 건달들을 지척에 다다랐다.

가장 앞서 있던 스켈레톤의 주먹이 껵다리의 복부에 꽂혔다.

퍽!

"컥!"

그대로 허리가 휘어진 꺽다리가 비틀거리다가 품에서 회칼을 꺼내 들었다.

"이… 씨팔!"

건달이 휘두른 회칼이 스켈레톤의 갈비뼈에 맞았다.

하지만.

탱!

회칼은 스켈레톤의 뼈에 작은 흠집만 낼 뿐이었다.

"……!"

꺽다리가 당황하는 순간.

퍼퍼퍼퍼퍼퍽!

스켈레톤 군단의 무차별 구타가 시작되었다.

건달들은 한 대 한 대 맞을 때마다 충격을 견디지 못하고 그대로 무너졌다.

스켈레톤 군단은 그런 건달들의 머리채를 잡아 올려 다시 때리고, 또 쓰러지면 발로 짓밟았다.

어느새 놈들의 얼굴은 피범벅이 되었다.

발이 부러지고 다리가 부러진 놈도 있었다.

꺽다리는 갈비뼈가 나갔는지, 두 손으로 옆구리를 감싼 채 숨도 제대로 쉬지 못했다.

이제 건달들은 싸울 의지를 완전히 상실해 버렸다.

그들은 얻어맞는 와중에도 필사적으로 도망치려 했다.

"그만!"

스켈레톤 군단이 내 명령에 구타를 멈췄다.

난 건달들에게 다가갔다.

내 가슴에 억눌려 있다 터져 버린 분노는 쉽사리 사그라들지 않았다.

바닥에 널브러져서 헉헉대는 껑다리의 턱을 그대로 걷어 찼다.

퍽!

"악!"

껑다리가 비명을 지르며 턱을 쥐고 뒹굴었다.

이미 스켈레톤에게 호되게 맞은 터라 작은 충격에도 데미지가 크게 오는 모양이다.

난 껑다리의 머리채를 쥐어 들어 올렸다.

그리고 녀석의 얼굴에 내 얼굴을 바짝 들이댄 채 한 자 한 자 끊어 말했다.

"네 눈으로 똑똑히 봤지? 나 보통 놈 아니야. 다시 한 번 이 딴 식으로 찾아와서 행패부리면, 그때는 살아 돌아갈 거라 생각하지 마. 알았어?"

껑다리가 공포에 질린 눈으로 고개를 끄덕였다.

"그리고 천만 원! 씨팔, 좆같은 이자 빼고 내가 빌린 삼백만 원. 그거 무슨 수를 써서라도 갚아. 그러니까 개같은 짓 하지 말고 기다려. 만약에 어머니한테 찾아가서 지랄 떨면, 그 순간 너희는 물론이고 다른 놈들까지 다 모가지를 부러뜨릴 거야."

꺽다리는 내 말이 가벼운 협박으로 들리지 않는 모양이다.

전신을 부르르 떨더니 바지가 축축하게 물들었다. 오줌을 지린 것이다.

"마지막으로 오늘 본 거, 어디 가서 얘기하고 싶으면 해봐. 누가 믿어줄 것 같아? 여기서 돌아가면 아가리 다물고 조용히 살아. 명심해. 돈 때문에 우리 가족 괴롭히든가, 오늘 봤던 거 입단속 못하면 저 괴물들이 언제고 나타나 너희를 죽일 테니."

난 꺽다리의 머리채를 거칠게 놓았다.

쿵.

바닥에 머리를 찧은 꺽다리가 고통도 느끼지 못하는지 몸을 황급히 일으켰다. 다른 건달들도 꺽다리를 따라 일어섰다.

그리고 떨리는 다리를 겨우 옮겨가며 집밖으로 나갔다.

"하아아아."

건달들이 사라지고 난 뒤, 다리에 힘이 풀려 그대로 주저앉았다.

6분이 지났는지 소울 파워가 고갈되었고 스켈레톤들도 사라졌다.

파김치가 되어 드러누워 버린 날 세 여인이 내려다보았다.

"유하한테 이런 모습이 있는 줄 몰랐네? 욕할 때 완전 섹시

하던데? 아~ 흥분돼."

"유하님, 최고였어요! 속이 다 시원했다구요!"

아자린과 프리린이 날 치켜세워 줬다.

그리고.

"몸은… 괜찮아?"

록시가 걱정해 줬다.

"아니, 하나도 안 괜찮아."

"고작 그 정도 얻어맞고서 쓰러지다니. 남자라면 맷집도 좋아야 하는 법. 내일부터 마나 체력단련에 들어간다."

"하하… 좀 봐줘. 죽겠어. 이거 며칠은 앓아야 할 것 같아."

"아니, 그럴 일 없을 거야. 너한테 유익한 마법을 가르쳐 줄 테니까."

"마… 법?"

"그래. 움직일 만해지면 바로 마법 수련에 들어가겠다."

사람이 다 죽어가는데 너는 어째 계속 수련 타령이냐.

록시는 야속함으로 가득 찬 내 속을 아는지 모르는지 거실 벽을 뚫고 밖으로 나가 버렸다.

그러자 아자린과 프리린은 록시가 사라진 벽을 보며 의미심장하게 웃었다.

"웬일이야? 록시가 다른 사람 걱정을 다 하고?"

"그러게요. 록시님도 그래놓고서 당황하시더라구요."

"지금 부끄러워서 나가 버린 거 맞지?"

"아마도요?"

"어쩜 좋아. 나 점점 록시가 귀여워지고 있……."

그때 갑자기 록시가 벽을 뚫고 뛰쳐나와 아자린의 목에 검을 들이댔다.

"다시 말해봐. 내가 어떻다고?"

에휴… 너희는 초지일관이구나.

CHAPTER **04**

마법을 배우다

두어 시간이 지나고 나니 그나마 좀 움직일 만해졌다.

그러자 록시가 다짜고짜 마법 수련을 시작하겠다며 내 앞에 섰다.

"마법은 마나를 여러 가지 상태로 변화시킨 다음 시전할 수 있다. 마나의 상태를 변화시키는 건 룬 문자다."

"룬 문자?"

"그래. 루시르 대륙에서 고대부터 전해 내려오는 마법의 힘이 담긴 문자. 그게 룬 문자지."

"그럼 우선 룬 문자라는 것부터 외워야겠네?"

"굳이 머리 아파가며 외울 필요 없어. 단숨에 해결하도록 만들어줄 테니까."

"무슨 말인지 알았어. 빙의하겠다는 거잖아. 어서 해."

"말귀를 빨리 알아들으니 편하군. 그럼, 들어간다."

"웅, 받아들이겠다고 생각했어."

"어머, 들어간대. 받아들인대. 야해."

"아, 아자린님… 무슨 상상을."

아자린과 프리린이 뭐라고 하든 말든 록시와 난 신경 쓰지
않았다.

록시는 순식간에 내 몸 안으로 들어왔다.

그리고 수백 종류의 룬 문자를 내 머릿속으로 전이했다.

"으윽."

갑자기 처음 보는 도형 같은 룬 문자들이 마구 몰려 들어오
니 머리가 지끈거렸다.

룬 문자는 단순한 모양이 하나도 없었다.

하나같이 복잡하고 외우기 어려운 것들 투성이였다.

만약 내가 이것들을 그냥 외워야 하는 입장이었으면 아마
몇 년은 고생했을 것이다.

룬 문자들이 내 뇌리에 확실히 각인되고 난 이후, 록시가
몸 밖으로 빠져나왔다.

"후우우."

숨을 고르는 내게 록시가 물었다.

"룬 문자가 정확히 기억되었나?"

"응."

"좋아. 네가 1서클에서 시전할 수 있는 마법은 전부 열네 가지다. 매직 미사일, 그리스, 디그, 클린, 라이트, 파이어, 파이어 컨트롤, 아이스, 윈드, 록, 라이트닝, 힐, 매직 실드. 그리고 싱크로 드림."

다른 마법들은 대충 뭔지 감이 잡히는데 마지막 하나는 잘 모르겠다.

"싱크로 드림?"

"싱크로 드림은 내가 직접 만들어낸 것으로, 꿈속에서 일어나는 모든 일이 현실의 네 육신에 반영되는 마법이다."

"그런 게… 가능해?"

"일반 사람들에게 네가 귀신을 본다 그러면 똑같은 질문이 돌아오겠지?"

멍청한 질문이었군.

사실 그렇다.

이 세상엔 자신이 아는, 혹은 믿고 있는 지식만을 가지고 그 틀 안에서만 갇혀 생각하려는 사람들이 너무나 많다.

그런데 나는 귀신을 본다.

지금은 다른 세상에서 넘어온 귀신들을 만났고, 저승의 황태자와 계약을 맺었다.

마나를 모았고, 스켈레톤을 소환하기도 했다.

단 이틀 사이에 내가 행한 이 모든 것은 기본적으로 말이 안 되는 일들이다.

그런데 난 해냈다.

싱크로 드림이라는 마법도 불가능하진 않을 것이다.

"난 싱크로 드림을 창조해 냄으로써 마법은 물론 검술로도 최강의 자리에 올랐다. 싱크로 드림의 연성법은 대단히 간단하다. 1서클의 마력으로도 충분히 시전할 수 있을 만큼. 하지만 이 방법을 찾아낸 이가 없었을 뿐이지. 참고로 난 싱크로 드림을 아무에게도 전수하지 않았어. 네가 처음이라는 얘기다."

"영광이네."

"지금 네게 가장 필요한 마법도 바로 이 싱크로 드림이야. 하지만 그전에… 회복마법 힐부터 배워보도록 하지."

"힐?"

"그래. 네 머릿속에 치유를 뜻하는 룬 문자가 있을 거야."

"응. 있어."

"그 룬 문자를 그려라. 실제로 그리는 게 아니라 상상하는 거다. 이때 잡생각이 끼어들면 안 된다. 정확하게 치유의 룬 문자를 그려야 돼."

"알았어."

난 록시가 시키는 대로 치유의 룬 문자를 그려 나갔다.

물론 이 과정에서 잡생각 따윈 일절 하지 않았다. 전에도 말했다시피 난 생각을 지배하는 능력 하나만큼은 탁월하기 때문이다.

치유의 룬 문자를 순식간에 그리니 심장에 있던 마나의 일부가 살짝 흔들리더니 다른 성질로 변했다.

"했어."

"…한 번에 성공했다고?"

"응."

내 당연하다는 반응에 록시는 놀랐고, 아자린과 프리린은,

"역시 왕따라 그런지 상상력은 끝내준다. 맨날 혼자 놀았더니 엄청난 능력이 생긴 케이스랄까? 그치, 프리린?"

"그런 것 같기도 하고… 그래도 왕따라는 말은 좀…….

저런 말이나 주고받았다.

"록시, 그다음은?"

"아, 그다음은… 마법의 구현을 위한 시전어를 말해야 돼. 회복마법의 시전어는 힐이야."

"힐."

록시가 시키는 대로 시전어를 외쳤다.

그러자 내 두 손이 맑은 빛이 맺혔다.

"이제 그것을 네 몸에 대는 거야."

빛무리가 맺힌 손으로 양어깨를 감쌌다.

그러자 빛이 몸 안으로 스르르 스며들었다.

다음 순간, 놀랍게도 욱신거리던 근육들이 서서히 낫기 시작했다.

팔에 자욱하던 상처들도 거짓말처럼 아물었다.

오른쪽 눈두덩이의 붓기도 빠졌는지 답답하던 시야가 확 트였다.

내 전신을 휘돌던 맑은 기운이 모두 사라지고 난 뒤, 난 몸을 움직여 보았다.

아직 조금 뻐근하긴 했지만, 아픈 곳은 전혀 없었다.

"회복마법이라는 거, 진짜 끝내준다."

"마법의 위대함이란 사령술이나 조련술에 비하면 아무것도 아니지."

"잠깐, 록시. 그 말은 좀 거슬리는데?"

"조련술은 마법에 전혀 뒤지지 않아요!"

아자린과 프리린이 발끈했지만 록시는 깨끗하게 무시하고서 자기 할 말만 이어 나갔다.

"나머지 마법들도 같은 형식으로 시전하면 돼. 이를테면 매직 미사일의 경우, 빛의 속성을 띤 룬 문자와 추적, 물질화의 속성을 띤 룬 문자를 그리는 거야."

"응, 그렸어."

"다음엔 조합의 룬 문자."

"오케이."

록시가 말해준 룬 문자들을 모두 그리자 빛, 추적, 물질화의 성질로 바뀐 룬 문자가 조합의 룬 문자로 인해 한데 뒤섞였다.

그것은 큰 에너지 덩어리처럼 느껴졌다.

"마지막으로 시전어, 매직 미사일."

"매직 미사일!"

시전어를 외치는 순간 에너지 덩어리가 몸 밖으로 빠져나가며 빛의 구가 되어 나타났다.

"…대단해!"

"그건 가장 기본적인 공격 마법이야. 매직 미사일은 네가 원하는 대상을 쫓아가 정확히 격추시키지. 하지만 집 안에서 실험하기엔 무리가 있으니, 그냥 소멸시켜."

"어떻게?"

"소멸시킨다는 의지를 보내면 돼."

"응."

난 당장 매직 미사일을 소멸시킨다고 생각했다.

그러자 매직 미사일은 원래 그 자리에 없었던 것처럼 순식간에 사라졌다.

"오늘은 룬 문자들을 머리에 강제적으로 주입하느라 과부하가 걸렸을 테니, 각 서클에서 시전할 수 있는 마법의 룬 조합법은 내일 넣어주도록 하겠어."

"배려해 줘서 고맙네. 오늘은 끝난 거야?"

"아니, 가장 중요한 게 남았다. 싱크로 드림."

"아, 그랬지."

"조합에 필요한 속성들의 룬을 말할 테니 차례대로 그려.

꿈, 현실, 자각, 감응, 실체화, 조합."

난 각 속성의 룬들을 빠르게 그렸다.

그러자 매직 미사일을 시전했을 때와 마찬가지로 여러 가지 속성으로 변한 마나들이 한데 섞였다.

"일단은 침대에 눕는 게 좋겠지? 마법을 시전하면 잠들 테니까."

"잠깐, 꿈속에서 뭘 하는 건데?"

"싱크로 드림을 시전해 잠이 들면 넌 자각몽을 꾸게 될 거야. 네가 꿈꾼다는 것을 인지하게 되는 상태, 그게 자각몽이지. 그 상태에서 내가 네 꿈속으로 들어간다. 그리고 체력단련을 시키겠어."

체력단련이라는 얘기에 아자린과 프리린이 몸을 한 차례 떨었다.

"록시의 체력단련이라면… 생각만 해도 끔찍해. 난 쟤가 사디스트 아닌가 싶었다니까."

"전 상상하기도 싫어요오오……."

이거, 어쩐지 두려워진다.

하지만 어차피 겪어야 할 일, 망설이면 시간만 아까워질 뿐이다.

새 삶을 살게 된 이후, 난 내 가족을 지키기로 결심했다. 그러기 위해선 스스로가 강해져야 한다. 정신적으로도, 육체적으로도.

물론 가족을 지키는 힘을 가지게 되는 대가로 세 귀신의 부탁을 들어주어야 한다.

그 부탁이란 영웅왕 오하렌과 그의 동료들을 죽이는 것.

지금으로서는 택도 없는 얘기일 테지만, 내가 계속해서 강해진다면 가능성이 있을 것이라고 그녀들은 얘기했다.

그들이 지구에서 무슨 일을 하고 있는 것인지, 어떤 식으로 지구를 지배하려 하는지는 모른다.

표면적으로 드러나는 세상은 그들의 존재 차제를 완전히 모르고 있기 때문이다.

록시도, 아자린도, 프리린도 아직 그것에 대해선 자세히 설명해 주지 않았다.

하지만 언젠가는 내가 원치 않아도 알게 될 날이 올 것이다.

아마도, 곧.

난 침대 위에 누워 눈을 감았다.

그리고 시전어를 읊었다.

"싱크로 드림."

심장에서 요동치던 마나가 내 전신으로 퍼지더니 정신이 아늑해졌다.

*   *   *

어둠 속에서 눈을 떴다.

"여기가 꿈속?"

주변엔 아무것도 없었다.

그때, 록시가 내 앞에 나타났다.

"그래, 네 꿈속이야."

"신기하네. 한 번도 꿈을 이런 식으로 꿔본 적이 없는데."

"일단 칙칙한 배경부터 바꾸지?"

"어떻게?"

"바꾸고 싶은 대로 생각해. 네 꿈이니까 그대로 구현될 거야."

흠, 그렇단 말이지?

자고로 무술 수련을 위해서 적절한 장소는 숲 속의 넓은 공터지.

내가 그렇게 생각을 하자마자 찰나지간 어둠이 사라지고 넓은 공터가 나타났다.

공터 주변으로는 푸른 초목이 빽빽이 자라 있었다.

하늘은 맑고 푸르렀다.

"그럼 지금부터 체력단련을 시작하겠어. 이곳에서 네가 하는 단련들은 모두 현실의 육체에 반영되니까 게으름 피우지 말고 잘 따라와."

"알았어."

"그리고 또 하나. 꿈속의 시간은 현실의 시간과 전혀 연관

성이 없어."

"어, 그래?"

"생각해 봐. 네가 꿈속에서 수십 년을 아우르는 방대한 꿈을 꿨어. 그렇다고 현실에서도 그만한 시간이 흐를까?"

"아니지. 하룻밤으로 끝나지."

"그런 원리야. 때문에 넌 여기서 나와 몇 년이고 수련을 할수 있다는 얘기야."

"…좀 봐주라."

"다행히, 네 몸이 하루 동안 꿈속에서 벌어진 일들을 실제로 받아들이는 데에는 한계가 있다."

록시는 잠시 말을 끊고 열 손가락을 쫙 폈다.

"백 일."

"배, 백 일?"

"그래. 네가 열 시간을 자든, 한 시간을 자든, 백 일의 경험이상은 육신이 받아들이지 못해."

"백 일도 엄청난데."

"그래서 오늘부터 넌 매일 꿈속에서 나와 백 일씩 수련을한다."

"좀 천천히 하면 안 될까?"

"빨리 강해지고 싶지 않나?"

"그야 그렇지만……."

"낮에 찾아왔던 사채업자들. 그놈들이 네 협박에 겁먹고

두 번 다시 해코지 안 할 거라 생각해? 난 그 반대야."

"……"

록시의 말을 들으니 덜컥 걱정이 되긴 했다.

확실히 악으로 깡으로 살아가는 그 인간들이 조용히 꼬리 말고 물러나기에는 무리가 있지 않을까 싶었다.

"알았어, 군말하지 않을게."

"좋아, 순진하군."

…뭐야, 방금 나 록시한테 넘어간 건가?

내가 분하다는 생각을 하기도 전에 록시는 당장 지시를 내렸다.

"모든 것은 기초 체력이 중요해. 하지만 넌 기초 체력 자체가 형편없어. 이번 꿈속에서는 백 일간 기초 체력단련만 한다."

"기초 체력단련이라면… 설마 쪼그려 뜀뛰기라든가, 푸시업이라든던가, 오래달리기라든가, 그런 건 아니겠지?"

"그거다."

"뭐?"

"지금부터 식사하는 시간, 잠자는 시간을 빼놓고 한 시간에 오십 분씩 몸을 단련한다. 휴식은 매 시간마다 십 분씩 주겠다."

"완전 지옥의 강행군이네. 그런데 꿈속에서도 먹고 자야 돼?"

"말했듯이 싱크로 드림은 꿈속의 네 상태를 현실의 몸에도 반영해 버린다. 물론 이것은 꿈이기에 네가 배고프지 않다고 인식하면 현실의 몸에도 무리가 가지 않아. 하지만 넌 지금껏 22년을 하루에 세 끼를 먹고 잠을 자 피로를 풀어주어야 사람이 살 수 있다고 인식해 왔어. 그러니 그 고정관념은 꿈속에서도 그대로 반영될 거야."

"그렇구나. 지극히 현실적인 꿈이네."

"식사는 그때마다 네가 먹고 싶은 걸 떠올리면 나타날 거야."

"오케이. 그런데… 록시."

"……?"

"아까부터 묻고 싶은 게 있었는데… 꿈속에서는 귀신이 아니네?"

"그래. 꿈은 이런 걸 가능케 만들지."

"와~ 이렇게 보니까 느낌이 또 달라."

게다가 얼굴 구석구석을 자세히 뜯어보니…….

"상당히 예쁘잖아?"

"뭐?"

"평소에 조금만 미소 짓고 다녀도 천하일색일 텐데. 진짜 예뻐, 록시."

순간 록시의 눈에 살기가 어렸다.

아차차차차!

록시는 예쁘다, 귀엽다, 여자답다, 이런 말들을 싫어한다는 걸 깜빡했다.

당장에라도 그녀가 검을 뽑으며 달려들 것이라 생각했다.

한데, 록시는 내 예상과 달리 고개를 푹 숙이고서 뒤돌아설 뿐이었다.

"아, 앞으로 두 번 다시 그런 말 하지마."

"어? 아… 미안."

"그럼 수련 시작한다."

다시 나를 보고 선 록시의 두 뺨이 살짝 상기되어 있는 듯 보인 건 내 착각이었을까?

*　　　*　　　*

꿈속에서도 낮과 밤은 존재했다.

나는 꿈속에 들어온 첫 날, 어둠이 내릴 때까지 윗몸일으키기부터 시작해서 팔굽혀펴기, 쪼그려 뛰기, 팔 벌려 뛰기, 오래 달리기, 스트레칭을 거의 쉬지 않고 이어 나갔다.

물론 삼시 세끼는 꼬박꼬박 챙겨 먹었다.

그렇지 않고서는 도저히 견딜 수 없을 것 같았으니까.

하지만 먹은 것들은 다시 이어지는 록시의 강도 높은 훈련에 모두 게워내기 일쑤였다.

록시는 그런 내 모습을 볼 때마다 사내자식이 약해 빠져서 어디다 쓰겠냐는 독설을 퍼부었다.

결국 첫 수련이 모두 끝난 다음, 내 속은 텅 비어 있었다.

하지만 몸이 너무 지치니 식욕이 싹 사라져 뭘 먹을 기분도
나지 않았다.

"하악! 하악!"

바닥에 대자로 널브러져 헥헥대고 있자니 록시가 한심한
눈초리로 바라봤다.

"그만 헥헥대고 자."

"이런 데서 어떻게 자."

거의 반사적으로 말대꾸를 한 다음, 넓은 공터를 아늑한 방
으로 바꿨다.

방 안에는 푹신한 침대와 이불 한 포, 베개 하나 말고는 아
무것도 없었다.

난 침대 위에 누워 그대로 눈을 감았다.

어찌나 피로했는지, 수마가 급격히 날 덮쳤다.

"유하! 이 방, 나가는 문이 없잖아! 난 너랑 같이 잘 생각
이……!"

록시가 뭐라고 떠드는 것 같은데 잘 들리지 않는다.

점점… 의식이… 흐려진다…….

*　　　*　　　*

"으음…… 흐아아암!"

늘어지게 하품을 하며 눈을 떴다.

"어? 여긴……."

그리고 생소한 광경에 좁은 방 안을 이리저리 살폈다.

한참을 그러고 나서야 이곳이 내 꿈속이라는 걸 인지할 수 있었다.

꿈속에서 잠을 자다니, 참 신기한 경험이다.

아, 그런데 록시는 어디 갔지?

"록시? 록……."

그녀의 이름을 부르다 침대 밑으로 시선을 돌렸다.

록시는 침대 밑에서 웅크리고 앉은 자세로 잠이 들어 있었다.

적막함 속에서 새근거리는 록시의 숨소리가 유난히 크게 들렸다.

난 천천히 침대에서 내려가 그런 록시를 깨우려 했다.

그런데 록시의 얼굴을 가까이 마주하는 순간, 나도 모르게 멈춰 버렸다.

"진짜 예쁘긴 예쁘네."

아자린도 예쁘고 프리린도 예쁘다.

하지만 아자린은 너무 색기가 묻어나고, 프리린은 귀여운 이미지가 더 강하다.

반면 록시는 그 자체로 빛이 날 만큼 어마어마한 미인이었다.

어지간한 연예인들은 비교대상이 될 수 없을 만큼 빼어났다.

그런 록시의 얼굴을 계속해서 보고 있자니 갑자기 가슴이 두근거렸다.

생각해 보면 내 인생에 이런 미인과 가까이 지낼 기회가 어디 있었단 말인가?

자꾸만 그녀의 분홍빛 입술이 도드라져 보였다.

완전히 무방비 상태인 듯한 모습도 이상한 상상을 하게 만들었다.

'안 되지, 안 돼.'

난 고개를 휘저어 잡념을 날려 버리고 록시를 깨웠다.

"록시."

"음……."

록시가 천천히 눈을 떴다.

"잘 잤어?"

내 물음에 록시는 살짝 놀란 듯 몸을 떨었다.

아… 그리고 보니 내가 너무 얼굴을 들이댔구나. 정신없이 자는 모습 감상하다가 실수하고 말았다.

록시가 날 뿌리치듯 벌떡 일어났다. 그리고 화난 목소리로 호통을 쳤다.

"다음부터 이런 식으로 잠들면 가만 안 두겠어!"

"어, 어?"

"앞으로는 무조건 훈련장에서 노숙한다! 알아들었나!"

"…그래. 알았어."

아무래도 지금 반항했다간 맞아 죽을 것 같아 고분고분 말을 들었다.

"오늘은 어제보다 더 강도 높은 훈련이 이어질 테니까, 각오해 둬."

록시가 독기 어린 시선으로 날 노려봤다.

…대체 뭣 때문에 저리 화난 건지 모르겠다.

아무튼 그날도 난 지옥 같은 훈련을 받아야 했다.

* * *

꿈속에서 훈련을 받기 시작한 지 오십 일이 지났다.

보통 남녀가 이 정도 같이 생활하면 친밀해질 법도 한데, 록시와 나의 거리는 처음 만났을 때와 똑같았다.

달라진 건 내 몸과 근력, 지구력, 민첩성이었다.

그저 마른 멸치 같았던 몸에 서서히 살이 붙고 근육이 올랐다.

처음에 이곳에 왔을 땐, 체력단련을 위한 여러 가지 운동을 종목별로 삼백 개도 하기 힘들었었다.

물론 단숨에 하는 것이 아니라 하루를 놓고 하는 것이다.

일반 성인 남성이라면 하루 종일 저 정도의 운동량을 소화 못한다는 건 말이 안 되는 일이다.

그런데 난 그러했다.

하지만 지금은 이천 개도 큰 무리 없이 할 수 있게 되었다.

이게 다 록시의 인정사정 봐주지 않는 지옥 훈련 덕분이었다.

오늘도 난 록시의 구령에 맞춰서.

"백사십구! 백오십! 백오십 일!"

"으압! 얍! 으아압!"

열심히 푸시업을 하고 있었다.

무려 백오십이 넘는 개수를 단 한 시도 쉬지 않고 연달아서 말이다.

매일같이 하루 중 열다섯 시간씩을 이 짓거리만 하다 보니, 비정상적인 속도로 몸이 좋아진 것이다.

"백육십일! 백육십이! 백육십삼!"

"으아아아압! 크흐."

털썩.

하지만 아무리 좋아진 몸이라도 백칠십의 고지는 힘들었다.

"하아! 하아!"

"점심시간이다. 밥 먹고 조금 쉰 다음에 다시 시작하지."

"후우… 그래."

이제는 격한 운동을 하고 나서도 식욕이 마구 돈다.

매 끼니 때마다 밥을 먹지 않으면 도저히 배고파서 견딜 수가 없을 정도다.

"음… 뭘 먹을까."

돈까스는 어제 점심에 먹었고, 스테이크는 저녁에 먹었었고…….

내가 메뉴를 고심하고 있는데, 록시가 은근한 시선으로 날 바라보았다.

그러다 나와 눈이 마주치면 얼른 시선을 피해 버렸다.

록시의 저 행동이 뭘 의미하는 건지 나는 잘 안다.

"록시, 왜? 먹고 싶은 거라도 있어?"

"딱히, 그런 거 없다."

"아, 그래? 그럼… 오늘은 당근이 듬뿍 들어간 카레 먹을까?"

그 말에 록시의 얼굴이 붉으락푸르락해졌다.

난 그 모습을 보며 속으로 웃었다.

여기서 같이 지내며 알게 된 것인데 록시는 당근을 몸서리치게 싫어한다.

한 번은 당근, 감자, 베이컨, 브로콜리가 들어간 볶음밥을 구현화해서 먹었었다.

록시는 그때 처음엔 당근을 하나하나 골라내다가 나중에는 밥을 반 이상 남겨 버렸었다.

이에 내가 록시를 놀리자, 당근을 못 먹는 게 아니라 식욕이 없을 뿐이라며 일축했다.

이후로 종종 나는 당근 들어간 음식을 만들어서 록시를 도발했다. 그때마다 록시는 식욕이 없다는 말로 식사를 하지 않았다.

지금도 마찬가지였다.

내가 당근 들어간 카레를 만들겠다고 하자 차마 싫다는 말은 못하고서 안절부절이다.

"에이, 카레는 좀 질리는 것 같으니까 다른 거 먹어야겠다."

그 말에 록시가 살짝 안도의 한숨을 내쉬었다.

"음… 오래간만에 짜장면 어떨까?"

짜장면이라는 단어에 록시의 귀가 쫑긋 세워졌다.

꿀꺽!

게다가 군침까지 삼킨다.

사실 짜장면은 록시가 가장 좋아하는 음식이다.

여기에서 오십 일을 살아가는 동안 여러 가지 음식을 만들어 먹었는데, 그중에서도 짜장면을 록시는 특히 좋아했다.

그녀는 지구에 오자마자 죽어버린 탓에, 지구의 음식들에 대해 잘 모른다.

때문에 내가 만들어내는 요리에 많은 관심을 보였다.

대부분의 음식은 맛이 있어도 크게 내색을 안 하는 록시다.

그런데 짜장면을 먹을 땐 눈이 휘둥그레져서 게 눈 감추듯 한 그릇을 비워 버렸다.

그 모습이 참 귀여웠다.

역시나 센 척하지만 속은 순진하고, 단순하기 그지없는 여인이다.

난 짜장면 두 그릇을 떠올렸다.

그러자 우리들 앞에 짜장면이 한 그릇씩 나타났다.

"맛있게 먹어, 록시."

"맛 같은 건 아무래도 상관없어. 체력을 보충하기 위해 먹을 뿐."

"그래, 그래."

록시는 내뱉은 말과 달리 허겁지겁 짜장면을 흡입했다.

난 그 모습을 보면서 피식 웃고 같이 식사를 시작했다.

*　　　*　　　*

꿈속에서 지낸 지 팔십 일째.

록시는 칠십 일이 지나는 시점부터 내게 말도 안 되는 체력 단련법을 강요했다.

그건… 바윗덩이를 달고 생활하는 것이었다.

지금 내 허리엔 쇠사슬이 매어져 있고, 그 쇠사슬의 끝엔 사람만 한 바윗덩이가 묶여 있었다.

내가 어디를 가든 바윗덩이는 바닥에 질질 끌려 따라온다.

게다가 양손, 양다리에는 이십 킬로그램짜리 납주머니가 매어져 있었다.

이런 상황이다 보니 이전과 똑같은 운동량을 소화해도 탈진 지경까지 가버린다.

이러다 죽는 거 아닌가 싶을 때가 한두 번이 아니었다.

그러나 록시는 딱 내가 죽지 않을 때까지만 수련을 시킨다.

근력 운동을 할 땐 납덩이가 짓누르고, 지구력 운동을 할 땐 바윗덩이가 발목을 잡는다.

게다가 중간 중간 짬이 날 땐 박투술의 기본기도 조금씩 가르쳐 주었다.

육체적 능력이 아무리 뛰어나도 싸우는 법을 모르면 결국 무용지물이라는 것이 그녀의 주장이었다.

오늘도 살인적인 스케줄을 마무리하고 공터에 드러누웠다.

한참 동안 호흡을 고른 뒤, 나와 멀찍이 떨어져 누워 있는 록시에게 물었다.

"록시."

"왜."

"근데 지금 내가 하는 훈련 말이야. 아무리 하루 종일 쉬지 않고 팔십 일 내내 이어왔다지만… 이렇게 빨리 몸이 좋아지고 적응해 간다는 게 상식적으로 이해가 되진 않아."

"그렇겠지. 현실에서는 지금보다 서너 배 더 시간을 들여야 같은 효과를 볼 테니까."

"뭐?"

"지금은 네 꿈속이니까 이 정도의 성취를 볼 수 있었던 거야."

"알아듣기 쉽게 설명해 봐."

"넌 지금 이 공간을 기본적으로 네 꿈이라 인지하고 있어. 그렇지?"

"그렇지."

"때문에 현실 속에서 불가능한 일도 얼마든지 할 수 있고."

만약 현실이었다면 먹을 걸 순식간에 만들어내는 일은 못했겠지.

"꿈이니까 어느 정도 현실의 테두리를 벗어나는 것도 가능해진다… 라는 인식이 머릿속 깊은 곳에 박혀 있기에 가능한 거야."

"아… 혹시 그런 것까지 계산에 넣고서 싱크로 드림이란 마법을 만든 거야?"

"그래. 무엇이든 어설프게 하는 건 싫어."

"대단하네."

확실히 록시는 이런 면에서는 철두철미했다.

그래서 가끔 보이는 단순함과 순진한 구석이 더 귀여워 보이는지도 모르겠다.

"이제 이십 일만 더 있으면 이 꿈도 끝나네."

"나불거릴 시간 있으면 잠이나 푹 자둬. 내일부터 더 힘들어질 테니까."

"어쩐지 즐거워서."

"뭐?"

"너랑 둘이서 아무 걱정 없이 이러고 있는 게 즐거워. 여기선 백 일이 지나도 현실에선 하루가 채 지나지 않는다니, 정말 꿈만 같아. 아, 이거 꿈이었지?"

"……."

"록시? 자?"

그녀를 바라보니 내게서 등을 돌리고 아무런 대답이 없었다.

아무래도 자는 척하는 것 같지만… 모른 척해 주지 뭐.

*　　　*　　　*

훈련 백 일째.

내 사지에는 각각 사십 킬로그램에 육박하는 납주머니가 채워져 있다.

쇠사슬에 달린 바위는 처음보다 두 배나 거대해졌다.

하지만 이것들을 달고도 어느 정도 생활은 가능할 만큼 익숙해졌다.

이십 일 동안 줄창 달고 다니면서 록시의 지옥훈련을 견뎌 냈더니 이리된 것이다.

이제 내 몸은 전과 비교하면 확연하게 비교될 만큼 탄탄해 져 있었다.

그렇다고 근육이 덕지덕지 붙은 건 아니다.

호리호리한 체형인 건 변함이 없는데, 전엔 뼈 위에 그냥 살가죽이었다면 지금은 단단한 근육이 살가죽을 대신하고 있 는 느낌이다.

이것이 현실의 내 육신에도 그대로 반영된다니… 싱크로 드림은 여러 가지로 대단한 마법이었다.

록시는 마지막 날이라고 해서 수련을 쉬거나 하지 않았다.

하루 종일 똑같은 과정을 반복하게 했다.

결국 해가 지고 나서야 수련이 완전히 끝났다.

"후아아. 고생했어, 록시."

록시가 내게 다가와서 이곳저곳을 손가락으로 콕콕 찔렀 다.

"이 정도면… 기본은 됐어."

"이게… 기본이라고?"

"그래. 이제 겨우 걸음마 뗐다고 생각하면 될 거야."

"어마어마하네."

"잠에서 깨면 열흘은 싱크로 드림을 시전하지 마."

"왜?"

"네 육신은 급격하게 변했어. 그것을 받아들이고 적응하는 시간이 필요해. 무리해서 계속 싱크로 드림을 이어 나가면 오히려 육신이 파괴될 수도 있어."

"그렇구나. 아무튼 대단한 마법이야."

"당연하지. 내가 창안한 건데. 보통 마검사라고 하면 마법도, 검에서도 극의를 보지 못해. 하지만 난 싱크로 드림을 만들어내서 두 분야 모두 극의를 보았지."

"마법의 극의는 9서클일 테고, 검의 극의는 뭐야?"

"검술도, 육체적 훈련도 중요하지만 마나를 오러로 완벽하게 치환할 수 있어야 하고, 그것을 검에 실어 활용할 줄 알아야 하지. 이 삼박자가 갖추어지면 비로소 극의를 보았다 할 수 있어."

"마나를 오러로 치환하는 게 어려운가?"

"보통은 마나 자체를 느끼지 못하는 사람이 많으니까, 그냥 평범한 검사로 끝나는 경우가 대부분이야. 하지만 마나를 느꼈다고 해도, 오러로 치환하는 과정을 힘들어하는 이도 있지."

"이것저것 해야 하는 게 많구나."

"아무튼 고생했다. 이제, 돌아가자."

"어떻게?"

"마법의 모든 것은 결국 의지로 행해진다. 싱크로 드림을 해제한다는 의지를 발현해 봐."

"알았어."

난 눈을 감고 싱크로 드림을 해제했다.

*　　*　　*

"으음."

"아, 깨어나려나 보네?"

"유하님 꿈속에 들어갔던 록시님도 다시 나왔어요."

록시와 아자린의 목소리가 들려왔다.

천천히 눈을 뜨고서 몸을 일으켰다.

"으… 머리야. 나 몇 시간이나 잤어?"

"다섯 시간이요."

"그래?"

다섯 시간에 백 일이라.

"어디……."

난 상의를 슥 걷어올려 몸을 살폈다.

놀랍게도 내 몸은 꿈에서 봤던 것과 똑같이 단단해져 있었
다.

"와……."

"흐응~? 이제 조금 남자다운 몸이 됐네?"

"역시 록시님의 마법은 최고예요!"

"그래도 꿈속에서 록시의 강행군을 잘 따라온 모양이네?"

"응, 뭐… 내 인생 자체가 지옥 같았으니까. 그 정도야 참고 견딜 만했어."

빙의당해서 죽을 뻔한 일, 말도 안 되는 사고를 친 일이 어디 한두 번인가?

지나온 나날을 떠올리면 아무 걱정 없이 숨 쉬고 있다는 것 하나만으로도 못 견딜 고통은 없었다.

"정말 재밌어. 그동안의 어두운 흑역사가 우리를 만난 순간부터 천부적 재능으로 탈바꿈하다니."

"그러게 말예요."

"그렇게 말해주니 고맙네?"

우리 셋이 화기애애한 대화를 주고받는데 록시가 재를 확 뿌렸다.

"고작 그 정도로 들떠 있지 마. 남자라면 묵직한 맛이 있어야지."

그리고는 방 밖으로 휙 나가 버리는 록시.

하여간 딱딱하기는.

"이제 뭐할 거야?"

"이제… 밖에 나가서 좀 걷고 싶어."

CHAPTER **05**
성린

집을 나서기 전, 갑자기 허기가 졌다.

해서, 있는 반찬들로 간단히 상을 차려 티브이를 보며 식사를 했다.

크게 흥미를 끄는 프로그램이 없었기에, 채널을 이리저리 돌리다 보니 케이블 중 한 곳에서 다큐멘터리 재방송을 하고 있었다.

다큐멘터리의 주제는 '존재하지 않는 이들' 이었다.

어쩐지 흥미가 동해 채널을 고정했다.

"그러고 보면 지구의 과학 문명도 무시할 건 못돼."

"그러게. 이십팔 년간 이렇게 빠르게 발전할 줄 누가 알았

어? 무엇보다 난 한국이 개방적으로 바뀐 게 얼마나 좋은지
몰라~ 후훗."

록시와 아자린이 내 옆에 나란히 앉아 대화를 나눴다.

난 신경 끄고 다큐멘터리에만 집중했다.

말끔한 정장을 걸친 진행자는 음침하게 꾸며진 좁은 세트
장 안에서 미리 외워둔 멘트를 읊어댔다.

[보셨다시피 전국에서 갈수록 신원을 알 수 없는 사람들이
늘어나고 있습니다. 이유 없는 범행을 일으키다 구속되거나
길거리에서 시체로 발견되는 이들의 일 퍼센트가 지문조차
등록되어 있지 않은 신원조회불가의 사람들이었습니다. 대
체 이들의 정체는 무엇일까요? 왜 '존재하지 않는 사람들'이
계속해서 나타나는 것일까요? 재밌는 것은 이미 이러한 현상
이 오 년 전부터 꾸준하게 이어졌다는 것입니다.]

"그거 희한하네. 요새 텔레비전을 보지 못해서 저런 일이
있는 줄도 몰랐는데. 록시, 이상하지?"

난 록시의 대답을 기다렸지만, 그녀는 대답 대신 무거운 표
정으로 다큐멘터리에만 집중하고 있었다.

아자린과 프리린도 마찬가지였다.

뭐야? 얘들도 다큐멘터리 엄청 좋아하나 보네?

분위기가 그리 흘러가니 나도 입을 닫고 다시 다큐멘터리
에 집중했다.

[하지만 오 년 전엔, 아니, 이 년 전까지는 이에 대해 그 누

구도 심각하게 생각하지 않았었습니다. 실제로 우리나라엔 지금도 신원등록이 되어 있지 않은 사람들이 제법 있으니까요. 그것이 사고였든, 다른 이유였든 말입니다. 그러나 이제는 간과할 수 없게 되었습니다. 존재하지 않는 이들의 수가 너무 많이 늘어났습니다. 게다가 그들은 무서운 범행을 저지릅니다. 아무런 이유도 목적도 없이 사람을 죽이고, 방화를 일으키며 강간, 폭행을 일삼습니다. 이상한 건, 그런 범죄를 일으키다 경찰에게 잡혀간 그들은, 아무런 말도 하지 않는다는 것입니다.]

어째, 진행자의 말을 들으면 들을수록 으스스해지는 것 같다.

[왜 그런 사건을 저질렀는지, 이름이 무엇인지, 가족이 있는지, 나이는 어찌 되는지, 사는 곳이 어디인지, 그 어느 질문에 대해서도 대답하지 않습니다. 마치 실어증에 걸린 사람처럼, 아니면 말을 배우지 못한 사람들처럼 묵비권만을 행사합니다. 자, 그렇다면 다시 정리해 보겠습니다. 전국적으로 자살한 이들과, 범행을 저지른 이들 중에 존재하지 않는 이들의 수가 많아졌습니다. 자살한 이들이야 어차피 대화를 할 수가 없는 상황입니다. 한데, 경찰에 잡혀온 이들은 하나같이 입을 열지 않습니다. 이게 무얼 뜻하는 것일까요?]

그러게.

그게 무얼 뜻하는 걸까.

답은 이미 알겠으나, 차마 인정하긴 싫었다. 그것은 너무나 무서운 일이었으니까.

하지만 다큐멘터리 진행자는 자신의 본분에 충실했다.

[우연이 아니라는 것입니다. 하지만 국가에서는 이 일을 크게 조명하지 않고 있습니다. 오히려 감추려 하는 움직임도 보입니다. 왜 그러는 것일까요? 혹시, 국가는 이 사회가 불안으로 잠식되는 걸 막기 위해 쉬쉬하는 것일까요? 존재하지 않는 이들. 그들의 정체는 무엇이고, 어떠한 목적으로 이러한 행동들을 하고 있는 것일까요.]

진행자의 마무리 멘트가 끝나자 익숙한 음악이 흘러나오며 엔딩 크레딧이 올라갔다.

"와… 진짜 세상이 미쳐 돌아가나 보다. 엄청 위험하네."

"…오하렌."

"응? 뭐?"

록시가 무슨 말을 중얼거렸는데, 제대로 들리지 않아 다시 물었다.

"오하렌의 짓이야."

"오하렌이라면… 영웅왕?"

"그래. 우리가 22년 전 확인한 바로… 그는 사람을 닮은 키메라를 만들어내고 있었어."

이게 지금 내가 제대로 들은 게 맞나 싶다.

"지금 사람을 만들어내고 있다는 말이야?"

"유하님! 사람이랑 키메라는 달라요."

프리린이 검지를 좌우로 흔들며 말했다.

"키메라가 뭔데?"

"그러니까… 여러 가지 생명체의 유전자를 결합시켜 탄생한 새로운 종이라고 할 수 있어요."

유전공학 같은 건가?

키메라까지는 아니더라도, 그런 식으로 복제생명체를 만들어 성공했던 사례는 몇 번 있었다. 물론 그것 역시 인간에게 적용된 경우는 아니었다.

"제정신이 아니야. 대체 뭘 생각하고 있는 거야?"

"흐응~ 우리들이 짐작한 바로는 절대복종하는 오하렌 군단을 만들기 위함이 아닐까 싶어."

"이것 참……. 그럼 그 키메라들이 전국에서 난리를 치는 건 무슨 이유야?"

"아마 실패작들일걸? 통제가 안 되고, 자의식도 없는 인형들."

"그런 놈들이 밖으로 뛰쳐나오도록 그냥 둔다고?"

"관리를 못한 건지 어떤 목적이 있어서 일부러 푸는 건지는 알 수 없어."

"어차피 너희는 영혼이니까 가서 살펴보면 될 거 아냐."

"그럴 수 있으면 백번이라도 더 갔다 왔지."

"왜 못하는데?"

"오하렌의 동료 중에 사령술사 바르쳉이라는 사람이 있어."

"아, 알아. 록시의 기억 속에서 봤었어."

"22년 전까지는 우리가 자기네 은신처를 왔다 갔다 하든 말든 신경도 안 쓰더니 어느 순간 결계를 쳐버렸어."

"뭣 때문에?"

"글쎄. 우리도 의문이야. 그럴 거면 아예 사령술로 우릴 성불시켜 버리면 그만인데. 무슨 심보인지."

키메라들이 설친다는 말에 어머니가 살짝 걱정되었다.

나야 앞으로 계속해서 강해질 것이기에 내 한 몸이야 충분히 지키겠지만, 어머니는 그렇지 않았다.

에이, 심란해.

난 아직 밥을 다 먹지도 않았는데, 수저를 놓았다.

예정대로 외출이나 하자.

콧바람 좀 쐬면 잡생각 사라지겠지.

그런데.

지이이잉.

주머니에 넣어두었던 핸드폰에서 진동이 일었다.

누군가 문자를 보냈다. 확인해 보니 발신인이 성린이었다.

성씨 가문의 린이라는 외자 이름을 가진 여자애로, 내 고등학교 동창이었다.

워낙에 특이한 인간이었던 나였기에, 핸드폰에 저장되어

있는 동창생의 전화번호는 세 손가락에 꼽을 정도다.

성린은 워낙 성격이 좋고, 여자다웠으며 예뻤다.

그뿐 아니라 몸매도 좋았고, 공부도 잘했다.

한마디로 신의 절대적 차별을 받는 '다 가지고 태어난' 아이였다.

그랬기에, 린이는 나한테 잘해주었다.

그것이 자신의 이미지를 굳건히 하기 위한 가식이든, 진심이든 상관없었다. 아무튼 그녀의 미소는 아름답고 예뻤으니까.

그런데 얘가 왜 나한테 문자를?

내용을 확인해 보니 뜬금없이 '살려줘!'라는 세 글자만 떡 적혀 있었다.

"…뭐야, 이거?"

"흐응~? 성린? 누구야?"

"고등학교 동창인데… 이상한 문자를 보냈어."

"연락해 봐야 되는 거 아니야?"

"졸업하고 얼굴 안 본 지 삼 년이야. 그렇게 친한 것도 아니었고. 친구한테 장난 문자 보내려다가 실수했나 보지."

"묘하게 거슬리는데~"

"됐어, 나갈래."

*　　　*　　　*

후아~ 공기 좋고!

"이렇게 맘 편히 걸어보는 게 대체 얼마만이냐."

빙의 걱정 없으니 진짜 살 것 같았다.

"되게 신났네?"

아자린이 내 앞을 가로막고 둥둥 날아다니면서 말했다.

"신나지. 세상이 다 내 것 같다."

"사내놈이 고작 그 정도 행복으로 만족하다니. 그릇이 작아."

"한창 좋을 때 재 뿌리지 말아줘, 록시."

"유하님. 이제 뭐할 거예요?"

"응? 글쎄……."

가만히 생각해 봤다.

사실 빙의에만 걸리지 않는다면 하고 싶은 게 많았다.

"친구랑 피시방도 가고 싶고, 맛있는 식당에서 배도 채우고 싶고, 놀이공원도 가서 신나게 놀아보고, 술도 한잔해 보고, 영화도 보고… 아, 근데 나 친구가 없구나."

"……."

"……."

"……."

갑자기 귀신 셋이 날 측은한 표정으로 바라본다.

감정의 변화가 좀체 드러나지 않는 록시마저도.

"그렇게 보지 마! 이제부터 만들 거라고. 친구도, 애인도."

"하아, 진짜 우울한 인생을 살았구나, 유하는. 하지만 걱정 마. 내가 다른 건 못해줘도 네 첫 경험은 꿈속에서 해결해 줄 수 있어."

"됐거든."

지금은 어쨌든 좋다.

이렇게 맘 편히 걸을 수 있다는 것만으로도.

전 같았으면 도저히 불안해서 혼자 건너지 못했던 소양교의 인도도 씩씩하게 거닐 수 있었다.

"흥흥흥~"

흥이 오르니 콧노래까지 절로 나온다.

그런데 들뜬 내 기분을 한순간에 확 가라앉도록 만드는 광경이 들어왔다.

웬 여인이 다리 난간에 바짝 기대서서 밑을 바라보고 있었다.

다리 밑은 소양강이다.

수영을 하지 못하면 떨어지는 순간 위험한 상황에 처할 수도 있다.

에이, 설마 아니겠지.

그렇게 생각하려 하는데, 그 여인은 소양교 난간에 다리 하나를 턱 올렸다.

"어······!"

그리고 나머지 다리도 올린 다음, 말없이 아래를 바라보았다.

여인의 몸이 난간 위에서 위태롭게 흔들렸다.

누가 그녀를 도와주지 않으려나 싶어 주변을 살폈다. 한데 지나가는 자동차 몇 대가 간혹 속도를 늦추긴 했어도 멈춰 서진 않았다.

다리를 건너는 사람도 내가 유일했다.

그나마 반대편 인도를 걷는 사람도 있었지만, 그쪽에서 여기로 건너오기에는 무리가 있었다. 횡단보도도 없고, 자동차들도 무섭게 달린다.

결국 그녀를 구할 수 있는 건 나뿐이었다.

난 더 이것저것 생각하지 않고 냅다 그녀를 향해 달렸다.

하지만 거리가 너무 멀다.

그녀의 몸은 이미 난간 아래로 심하게 기울고 있었다.

그러다 나도 모르게 룬 문자들로 마법 공식을 그린 뒤, 소리쳤다.

"윈드!"

윈드는 바람을 일으키는 1서클의 마법이다.

록시와 꿈속에서 백 일간 훈련하는 동안, 1서클에 필요한 마법공식을 모두 익혀두었었다.

휘이이이잉—!

강렬한 바람이 불어 난간 너머로 고꾸라지던 여인의 몸을 난간 안쪽으로 밀었다.

위험천만한 순간이 지나가긴 했지만, 그건 찰나에 불과했다.

그녀의 몸은 다시 난간 밖으로 쓰러지려 했다.

"으아아아아아!"

난 혼신의 힘을 다해 달렸다.

아직도 거리가 멀었으나, 지금의 난 예전보다 체력적으로 훨씬 업그레이드된 상태!

여인의 두 발이 난간에서 떼어지려는 순간!

덥석!

그녀의 허리를 두 손으로 끌어안고, 뒤로 넘어졌다.

쾅당! 탕!

"큭!"

여인에게 그대로 깔리는 바람에 등에서 제법 큰 충격이 느껴졌다.

한데 허리를 감싸 안은 양손의 감각이 이상했다.

뭉클.

'뭉클?'

헉! 다급히 끌어내린다고 잡았던 부분은 허리가 아니라… 그녀의 가슴이었다.

"어머~! 유하, 응큼하네? 평소엔 깨끗한 척, 고상한 척은 혼자 다 하더니, 그렇게 억눌려 있었어?"

"꺄아악! 유, 유하님! 그러면 안 돼요!"

"남자라면 책임을 져라!"

…정신없으니까 제발 조용해, 이 귀신들아!

난 얼른 손을 치우고서 몸을 일으켜 여인에게 물었다.

"괜찮아요?"

여인은 대답도 않고 벌떡 일어나 다시 난간으로 올라서려 했다.

한데 여인에게서 악령의 기운이 느껴졌다.

'이건… 빙의?

예전에도 체질이 체질이다 보니 혼령을 느낄 수 있었지만, 사령술사가 되고 난 이후에는 육감이 더욱 발달했다.

지금 이 여인의 몸엔 악령이 달라붙어 있다.

즉, 자기 의지로 다리에서 뛰어내리려는 게 아니라는 말이다.

"유하! 악령을 떼어내!"

나도 그러고 싶은데, 방법을 모르겠다.

"마나를 정수리로 끌어올려서 소울 파워로 바꾼 다음 양손으로 모아! 그리고 여자를 잡아!"

난 아자린이 시키는 대로 한 다음, 난간에 한 발을 걸친 여인의 허리를 잡아챘다.

…이번엔 가슴이 아니다. 정확하게 허리였다.

"꺄아아아아악!"

순간 그녀의 입에서 날카로운 비명이 흘러나왔다.

여인은 커다란 쇼크를 입고 기절한 사람마냥 푹 쓰러졌다.

대신 내 손엔 검은 사기로 똘똘 뭉친 악령이 쥐어져 있었다.

"놔! 이거 놓으란 말이야!"

악령이 소리쳤다.

물론 그 소리는 일반인에겐 들리지 않는다.

"이제 어떻게 해야 돼?!"

악령이 계속 발버둥 쳐서 아자린에게 다급히 물었다.

"소울 파워를 악령에게 주입해!"

양손으로 보낸 소울 파워를 악령의 몸속으로 전부 주입했다.

"끼아아아아아아아아아아악! 안 돼! 얜 걔한테 가면 안 돼! 괴로워질 거야! 망가질 거야! 나처럼 될 거야! 그럴 바엔 차라리 죽는 게 나아! 끼아아아아아아악!"

악령은 이상한 얘기를 토해내며 귀청이 찢어질 듯 시끄럽게 울부짖었다.

티틱! 티티틱!

그 여파로 보도블록의 타월 몇 개에 금이 갔다.

가끔 강맹한 악령들이 미친 듯이 발광하면 이런 현상이 생기기도 한다.

튼튼하던 건물이 이유 없이 무너지거나, 잘 세워놓았던 물건이 갑자기 쓰러지는 폴터가이스트 현상도 그 때문이다.

"끼이이이으으으으……."

발악하던 악령이 힘 잃고 축 처졌다.

그리고는 하늘에서 내려온 빛에 휩싸여 연기처럼 사라졌다. 성불한 것이다.

"후우우."

사건이 일단락되자, 그제야 난 여인을 추스를 수 있었다.

"정신 차리세요."

바닥에 엎어져 있는 여인을 흔들어보았으나 반응이 없었다.

계속 이렇게 둘 수는 없으니 일단 집에 편히 누이기 위해 여인을 들쳐 업으려 했다.

한데, 여인의 얼굴을 가까이서 보게 된 순간 나도 모르게 멍해졌다.

여태껏 상황이 너무 급박한 데다, 제대로 얼굴을 마주하지 못해서 몰랐었다.

그런데 지금은 알겠다.

귀신에게 빙의당했다가 기절해 버린 여인.

그 여인은… 성린이었다.

*　　　*　　　*

확실히 체력이 많이 좋아지긴 한 모양이다.

린을 없고서 집 근처까지 달려왔는데도 전혀 숨이 차지 않았다.

싱크로 드림 마법으로 백 일 동안 록시한테 시달린 성과가 대단하다는 게 여실히 느껴졌다.

지금 내게 문제는 다른 데 있었다.

난 그야말로 숫총각이다.

요즘은 록시의 살 떨리는 음담패설 때문에 많이 더럽혀진 기분이지만, 아무튼 여자와의 접촉 자체가 없었다.

그런데, 고등학교 때 퀸카였던 여인을 업고 걷는데도 별다른 감흥이 일지 않는다.

이거 정신적으로 문제가 생긴 거 아닌가? 싶었다가 내 앞에서 할랑대며 날아가는 귀신 세 마리를 보고서 깨닫게 되었다.

그녀들의 미모는 연예인 뺨을 수백 대나 휘두를 만큼 발군이다.

게다가 그중에서도 록시는 타의 추종을 불허할 정도로 예쁘다.

그런 록시와 현실보다 더욱 생생했던 꿈속에서 백 일을 같이 붙어 지냈다.

그렇다 보니 내 눈이 이상하게 높아진 모양이다.

변해 버린 스스로의 모습에 새삼 놀라워하며 린을 안방의 이불 위에다 내려놓았다.

숨을 멀쩡히 쉬고 있는 것이 잠시 기절했던 것 외에 다른 이상은 없어 보였다.

"제법 예쁘네?"

아자린이 린에게 얼굴을 바짝 들이대더니 감상하듯 말했다. 그리고서는 묘한 미소를 지으며 날 바라봤다.

"유하, 기회야."

"뭐가?"

"덮쳐!"

"닥쳐!"

저거 진짜 머릿속에 온통 그런 생각밖에 안 들어 있지?

"아무튼… 데려오긴 왔는데 이제 어떡하나."

"스마트폰으로 가족에게 연락을 하면 되지 않을까요?"

"나이스 프리린! 그 방법이 있었지? 그런데 핸드폰이 어디 있는지 알아야……."

그녀는 청핫팬츠에 분홍색 탱크탑을 입고 있었다.

때문에 주머니는 청핫팬츠 양쪽 측면에 달린 것이 전부였다.

한데 몸에 딱 달라붙는 핫팬츠의 특성상 스마트폰이 들어 있으면 불룩 튀어나와야 하는데, 양쪽 다 그렇지 않았다.

"주머니엔 스마트폰이 없는데?"

그러자 록시가 검지를 까딱거렸다.

"쯧쯧. 핫팬츠에 주머니는 두 개가 더 있지."

"어디에… 아."

엉덩이.

갑자기 심각하게 고민이 되었다.

스마트폰을 꺼내느냐 마느냐.

귀신 세 마리는 내가 어찌 행동하는지 귀추를 주목했다. 이
것들이 뭐 좋은 구경 났다고.

그때 아주 좋은 생각이 떠올랐다.

"이럴 때 써먹으라고 마법 배운 거잖아?"

바보같이, 그걸 이제야 떠올리다니.

록시가 내게 알려준 마법 공식 중, 기절하거나 잠든 사람을
깨우는 1서클 마법이 있었다.

난 그 마법의 룬 문자들을 떠올려 조합한 뒤, 시전어를 외
쳤다.

"웨이크 업!"

마법이 시전됨과 동시에 린의 눈꺼풀이 파르르 떨렸다.

"으음……."

그리고 그녀가 눈을 떴다.

"쳇, 좋은 구경 놓쳤네."

록시가 아쉬워했다.

대체 뭘 기대한 거냐고 따지고 싶지만, 일단은 넘어가자.

"여기는……."

린이 주변을 둘러보다가 나와 눈이 마주쳤다.

"어……?"

"안녕?"

나도 모르게 어색한 인사를 건넸다.

린은 고개를 갸웃거리다가 불현듯 생각난 것처럼 손뼉을 짝! 쳤다.

"유하? 설유하! 맞지?"

"응. 맞아."

"근데 여긴……."

"우리 집. 내 방이야."

"내가… 어떻게 된 거야?"

어쩌지? 사실대로 말해야 하나? 귀신한테 빙의당해서 자살하려는 거 구해줬더니 기절하는 바람에 데리고 왔다고?

내가 난감해하니, 린이 슬픈 얼굴로 고개를 주억거렸다.

"나… 또 죽으려고 했구나."

"알고 있었어?"

"한두 번이 아닌걸. 이번에는… 어쩌고 있었던 거야, 나?"

"소양로에서 투신하려고 했어. 우연히 근처에 있다가 발견했기에 망정이지, 아니었으면 큰일 났을 거야."

"하아. 네가 구해줬구나. 고마워."

"아니 뭐… 그렇게 고마워 할 필요는."

이거 참, 엄청 쑥스럽네.

나도 모르게 뒷머리를 긁적였다.

"고맙지. 내 생명의 은인이잖아."

"그런가?"

"근데 참 웃긴다."

"뭐가?"

"너랑 나랑 학교 졸업하고 한 번도 연락한 적 없었잖아."

"그랬지."

난 너뿐만이 아니라 연락하는 친구 자체가 없단다, 린아.

"그런데 너한테 도움받을 줄은 몰랐어."

"그러게. 사실 집에서 나가기 전에 너한테 문자가 왔어."

"아, 살려달라고 보낸 거?"

"응."

"그래… 그거 너한테 갔구나."

"어? 몰랐어?"

"응. 갑자기 정신이 아릿아릿해지길래, 다급하게 아무한테
나 보내 버린 거거든. 거의 내 정신이 아닌 상태라서. …내가
지금 하는 말 이상하지?"

린이 힘겨운 미소를 지었다.

그 모습이 내겐 참 어색했다.

고등학교에 다니는 내내 그녀는 밝은 모습만을 보여왔었
다.

한 번도 인상을 찌푸리거나 화내거나, 짜증내는 얼굴을 보

이지 않았다.

아니, 내가 본 적이 없는 것일지도 모른다.

절친들 앞에서는 달리 행동했을 수도 있다.

하지만, 그거야 그들 사정이고 아무튼 나에게 있어서 린은 너무 완벽했기에 다가가기조차 힘든 어떠한… 성역과도 같았다.

그런데 그런 여인과 단둘이 내 방에 있다.

그것도 그녀가 단 한 번 보이지 않았던 감정을 드러내면서 말이다.

린은 내가 자신이 하는 말을 이해하지 못할 거라 생각하는 모양이다.

하지만 이해 못할 리가 없다.

"다, 이해해."

"…이해해?"

"응."

내가 고개를 끄덕이자 린은 그제야 뭔가 기억해 낸 듯 눈을 크게 떴다.

"아……! 맞다, 유하 너……."

"빙의 때문에 늘 힘들어했었지, 나."

"맞아, 그랬어! 아, 그럼… 너라면 이해할 수 있을 거야. 사실 나, 세 달 전부터 귀신한테 시달려 왔어."

"알아."

"알아? 안다고?"

"응. 빙의당해서 다리 아래로 뛰어내리려 했던 거 알고 있어."

"어떻게?"

"아, 그게……."

이걸 말해야 하나, 말아야 하나.

에효, 어차피 이렇게 된 거 뭘 숨기겠냐. 다 얘기하자.

"나 귀신을 볼 수 있어. 귀신이랑 대화를 할 수도 있고, 만질 수도 있어."

"정말이야?"

"응. 빙의만 당했던 게 아니야."

"하아, 그렇구나. 유하도 참 힘들겠다. 난 고작 세 달 이러는 것만으로도 미칠 지경인데. 어떻게 해야 할지 모르겠어. 앞으로도 계속 이러면… 정말 빙의당해서 자살하든가, 스트레스로 자살하든가, 둘 중 하나가 될 것 같아."

"이제 그럴 일은 없어."

"왜?"

"그 귀신 내가 성불시켰어."

그녀는 이게 웬 피콜로 더듬이 빼는 소리인가 하는 표정으로 날 바라보다가 반신반의하며 물었다.

"…정말이야?"

"응."

"하지만 유하가 어떻게……."

사실 나, 빙의만 당했던 우울한 인생이었는데, 다른 차원에서 넘어온 영혼들에게 수련을 받아 지금은 어엿한 사령술사가 되었어! 동화로 따지자면 바로 내가 미운 오리새끼였던 거지! …라고 말할까 보냐.

이걸 대체 어찌 설명해야 되지?

난감해하고 있자니 아자린이 내 귀에다 속삭였다.

"퇴마사가 되었다고 해. 그게 가장 합리적이야."

그런 말이 통할까 싶었지만, 지금으로선 다른 방법이 없었다.

"퇴, 퇴마사가 되었어, 나."

"퇴마사? 귀신들 처치하고 다니는 그런 사람?"

"응. 그래서 너한테 달라붙은 귀신도 성불시킨 거야."

"어쩐지… 전과 달리 머리가 맑고 몸도 가벼운 게 이상하다 싶긴 했어. 하지만 아직 확실히 못 믿겠어. 정말 귀신이 떨어져 나간 건지……."

린은 불안한 얼굴로 중얼거렸다.

"내 말 믿어. 더 이상 귀신이 널 어쩌지 못할 거야."

"그러면 좋겠지만……."

"그런데 어쩌다가 귀신한테 빙의당한 거야?"

"하아, 그게… 나도 잘 모르겠어."

"석 달 전에, 무슨 커다란 사건 같은 거 없었어?"

"석 달 전에……? 그 무렵엔… 창훈 오빠랑 사귀기로 했었는데."

아, 남자친구가 있구나.

사람이란 게 참 웃기다.

그녀는 나와 사귈 생각도 없는데, 남자친구가 있다는 말에 괜한 실망감이 밀려왔다.

난 애써 그런 감정을 감추고서 말을 이었다.

"창훈이라는 사람이랑 사귀고 나서 그런 거야?"

"응. 그러고 보니까 연애하기로 해놓고서 한 번도 만나지 못했었어. 그다음 날 바로 빙의당해 버렸거든."

"아… 아쉽겠다."

"사실 빙의 때문에 너무 시달려서 그런 생각도 안 들어."

그런데 왜 하필 남자와 연애하기로 한 다음 날 바로 빙의되어 버린 거지?

혹시 창훈이란 사람의 전 애인이 어떤 연유로 죽어서 귀신이 되어버린 건가?

그렇다면 이해가 간다.

귀신이라는 족속들이 무언가에 엄청난 미련을 느끼면 성불하지 못한 채 원귀가 되어버리니까.

한데 미련을 느끼게 하는 감정의 종류가 무엇이냐에 따라 원귀가 되는 기간이 다르다.

그중 혼령을 가장 빨리 원귀로 만들어 버리는 게 바로 사랑, 애증이다.

만약 그렇다고 가정한다면, 린이 창훈이란 사람과 연애하는 걸 질투한 전 애인의 혼령이 원귀가 되어 린을 괴롭혔다는 말이 된다.

'그러고 보니 그 원귀가 이상한 말을 했었지.'

"얘는 개한테 가면 안 돼! 괴로워질 거야! 망가질 거야! 나처럼 될 거야! 그럴 바엔 차라리 죽는 게 나아!"

개한테 가면 안 된다.

그 한마디로 다 설명이 된다.

한데 그 뒤에 괴로워진다, 망가진다는 건 또 뭐야?

내가 골똘히 생각에 잠겨 있자니 린이 자리에서 몸을 일으켰다.

"가려고?"

"응. 연락도 없이 나왔으니까 날 정신없이 찾고 계실 거야."

"그럼 연락부터 드려. 괜찮다고."

"뭘로?"

"스마트폰으로."

린이 자신의 주머니를 툭툭 쳐 보더니 고개를 저었다.

"없어. 아무래도 또 잃어버렸나 봐. 빙의만 걸리면 이래.

내가 누구한테 연락할까 봐, 귀신이 폰부터 던져 버려."

"그럼 진짜 필사적으로 나한테 문자 보낸 거구나."

"그렇지. 근데 참 재밌다. 우연히 문자를 받은 게 넌데, 날 구해준 것도 너잖아. 웃기지 않아?"

"글쎄… 그게 웃긴가?"

내가 아리송해하니 린이 날 지그시 바라봤다.

"유하야."

"응?"

"네가 생각하는 것보다 나 웃기는 애야."

"뭐?"

뜬금없이 이게 무슨 소리인가 싶었다.

이 타이밍에 무작정 배 잡고 웃어줘야 하나? 아하하하! 정말 웃긴다! 하면서?

난 고민했지만, 린은 더 이상의 자세한 설명은 생략했다.

현관으로 가 신발을 신은 린이 내게 손을 흔들었다.

"고마웠어. 보답은 꼭 할게."

"그래, 잘 가."

큰일을 당한 린이었기에 뭐라고 먹이면서 안정을 찾게 해주고 싶었는데, 우리 집엔 손님을 대접할 만한 음식이 없었다.

그렇다고 내가 돈이 많은 것도 아니고.

게다가 상황이 좋지 않으니 간다는 사람을 잡아두는 것도 실례다.

그래서 담담하게 마주 손을 흔들어줬다.

한데 간다던 린이 가지 않고서 날 가만히 바라봤다.

"왜 안 가?"

"유하야."

"응?"

"이런 상황에서 날 바래다주지 않았던 남자는 네가 처음이 야."

뭐야, 이 전개는?

"여우같은 년."

"와, 삼류 드라마. 완전 짱이다."

"축하드려요, 유하님!"

…시끄러워 이놈의 귀신들아.

CHAPTER **06**
키메라

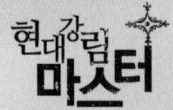

린은 우리 동네에서 15분 정도 걸어가면 나오는 한울 아파트 1단지에 살고 있었다.

아파트 단지 입구로 들어서서 놀이터를 지나자 101동 건물이 나왔다.

"저기가 우리 집이야."

"그래?"

"응. 데려다줘서 고마웠어."

"근데 궁금한 게 있어."

"뭔데?"

"너희 부모님은 퇴마사나 스님이나… 무당이나, 뭐 그런 사람들한테 널 데려가지 않았던 거야?"

"우리 아빠 내과 의사고, 엄마는 안 계셔. 아빠는 내가 빙의당했다는 걸 절대 인정하려 들지 않으셨어. 무조건 현대의학으로 치료할 수 있는 정신병의 일종이라고만 하셨어. 그게 다야."

전혀 몰랐다.

그녀의 아버지가 의사였는지, 어머니가 계시지 않았는지.

그런데…….

"아버지는 지금 일 나가셨을 테고, 그럼 집에서 널 찾는다던 사람은 누구야?"

"아빠가 나 감시하라고 고용한 보호자. 근데 일을 잘 못해. 그러니까 내가 툭하면 빠져나와서 자살하려고 난리를 치지. 아무튼 가볼게. 연락할 테니까, 다음에 또 봐."

"응. 잘 들어가."

그러자 린이 또 멀뚱하게 날 바라봤다.

얘가 자꾸 왜 이래?

"너 정말 조금도 아쉬워하지 않는구나?"

"뭘?"

"날 보내는 것도, 나랑 헤어지는 것도."

이건 또 무슨 소리인가 싶었다.

린이 스스로를 자평하길 '웃기는 사람'이라 했었는데 이런 걸 말했던 건가?

하지만 웃기다기보단, 뭔가 일반적이지 않은 것같이 느껴질 뿐이다.

"아쉽다는 감정은 사귀는 사람이라든가, 가족이라든가, 아니면 죽마고우라든가, 아무튼 그런 관계에 있을 때에만 생겨나는 거 아니야?"

"그 말 들으니까 괜히 오기 생기네."

"오기?"

"그럼 우리 사귈래?"

"저기, 린. 너 사귀기로 한 남자 있잖아."

"창훈 오빠? 그러고 나서 연락도 못했는데, 흐지부지된 줄 알겠지, 뭐."

하아, 아무래도 고등학교 때 내가 기억하고 있던 린의 모습은 모두가 환상이었나 보다.

갑자기 기분이 나빠졌다.

"린. 너 뭐가 이렇게 가벼워? 왜 이렇게 쉬운 건데?"

"…쉬워?"

"응. 이렇게 쉬운 애였는지 몰랐다."

그러자 린이 자조적인 미소를 베어 물었다.

"그래… 쉽게 보였구나."

"내가 널 쉽게 본 게 아니라 애초에 네 행동이 그래."

"후, 아무것도 기억 못하는구나, 너. 난 오늘 널 다시 만났을 때 정말 많이 놀랐었는데."

"뭐? 그게 무슨 말……."

"갈게. 오늘 고마웠어. 보답은 어떤 식으로든 할 거야. 안녕."

린은 알 수 없는 얘기만을 남겨두고서 건물 안으로 들어갔다.

*   *   *

집으로 돌아오는 길.

머리가 복잡해서 그런지 발걸음도 무거웠다.

"도통 감을 못 잡겠네."

"잘 생각해 봐. 과거에 린이랑 섬씽 같은 거 없었어?"

아자린이 기대 가득한 눈빛으로 물었다.

"없어, 그런 거. 나 왕따였다니까. 그런데 학교 퀸카랑 무슨 섬씽이 있겠어?"

"아~ 하긴."

너무 쉽게 인정해 버리니까 기분 팍 상하네.

"에휴, 그냥 신경 끌래. 어차피 다음에 다시 만난 일 없을 것 같은데 뭐."

애초에 린이랑 나랑은 완전히 다른 세계에 사는 사람이다.

오늘 어쩌다 그녀를 발견하는 바람에 잠깐 엮였지만 그게 다다.

혼자 그런 생각을 하며 걷고 있는데, 록시가 마치 내 생각을 읽은 듯 이런 말을 건넸다.

"힘을 가진 사람의 주변에는 늘 끊임없이 사건사고가 일어나는 법이다. 린과 너의 이번 인연도 결코 가벼운 건 아닐 거다."

"자꾸 린이랑 엮지 마."

"단순히 린뿐만 아니라 또 다른 사건들이 계속 터질 거다. 그러니 늘 긴장의 끈을 늦추지 말아라."

"록시, 수련과 관계된 얘기들 말고 일상적인 얘기 좀 하면 안 될까?"

"일상이 수련이다."

"어련하시겠어요."

그때, 난 록시의 말이 현실로 벌어지는 기적을 보았다.

"꺄아아악! 소매치기야!"

여인의 비명과 동시에 골목 모퉁이에서 모자를 푹 눌러쓴 사내가 튀어나왔다. 사내의 손에는 붉은 지갑이 들려 있었다. 누가 봐도 여성용이었다.

이런 벌건 대낮에 소매치기를 한다고?

별 정신 나간 놈 다 보겠단 생각이 들었다.

그런데 어째 소매치기의 행동이 이상했다.

더 열심히 도망쳐도 모자랄 판에 달리는 속도를 늦추기 시작했다.

"유하! 잡아라!"

록시의 말에 나도 모르게 반응했다.

냅다 뛰어가서 소매치기의 팔을 잡아 뒤로 꺾었다.

록시는 내게 기본 체력단련을 가르치는 와중 종종 타인을 제압하는 기술 몇 가지를 가르쳐 주었다.

이것도 그중 한 가지였다.

"으악!"

소매치기가 비명을 질렀다.

난 그 상태에서 소매치기의 옆구리를 가격했다.

퍽!

"컥!"

이건 거의 본능적으로 나온 행동이다.

아무리 내가 소매치기를 제압했다 하더라도 녀석이 혹 칼을 꺼내 들 거나 하면 위험해질 수 있기에 무력화하려 한 것이다.

소매치기가 허리를 푹 숙이며 고통에 찬 신음을 흘렸다.

난 놈의 손에 들린 지갑을 빼앗았다.

그런데.

"뭐야?"

갑자기 들려온 날카로운 남성의 목소리에 어리둥절해하며 고개를 돌렸다.

맙소사.

모퉁이 너머에서는 온갖 촬영장비들이 골목을 점령하고 있었다.

"이런 젠장! 스태프들! 행인 통제 제대로 안 하지!"

턱수염을 거칠게 기른 날카로운 인상의 사내가 버럭버럭 악을 쓰며 내게 다가왔다.

"거, 손 좀 놓읍시다."

"네? 아, 네."

난 소매치기의 손을 놓아주었다.

그러자 턱수염이 소매치기에게 물었다.

"현호야, 괜찮아?"

"네, 괜찮… 윽."

현호라 불린 사내는 옆구리를 움켜쥐고서 식은땀을 흘려 댔다.

"안 되겠네. 일당은 줄 테니까 병원 가봐."

"조연출님. 저 할 수 있는데요."

"방금 그 컷 오케이 떨어졌으니까, 방송 나갈 거야. 걱정 말고 가."

현호는 날 원망스레 노려보았다.

그러자 조연출이 끼어들었다.

"이 사람이랑 문제는 내가 알아서 정리할 테니까 어서 가 봐. 스태프 하나 붙여줄게. 산재처리 하고."

"네."

"명훈아! 현호랑 병원 좀 갔다 와라!"

현호가 명훈이란 사람의 부축을 받아 도로로 걸어가 택시를 잡아탔다.

조연출은 그제야 내게 시선을 돌렸다.

"아, 하루 벌어 하루 먹고사는 보조출연자를 그렇게 무식하게 두들기면 어쩝니까?"

"죄송합니다. 소매치기인 줄 알고."

"거 참……."

조연출이 날 아래위로 흘겨봤다.

그런데 그때 살이 포동포동하게 오른 중년 사내가 날 불렀다.

"거기, 현호 때려눕힌 분!"

"네?"

"잠깐 와보지!"

난 영문도 모른 채 조연출에게 반강제로 끌려서 중년 사내 앞에 다가갔다.

아무래도 지금 골목에서는 드라마를 촬영 중인 모양이었다.

그리고 중년 사내는 감독인 듯했다.

"무술 같은 것 좀 배웠나?"

"아니오."

"흠… 몸도 좋고, 액션도 죽이던데. 마스크도 상당하고. 원

판이 좋아. 조금만 다듬으면 괜찮을 것 같은데. 그렇지?"

조연출이 턱수염을 쓰다듬으며 한참 고민하다 고개를 끄덕였다.

"그러고 보니 뭐… 나쁘진 않겠네요."

"어디 써먹을 데 없을까?"

"네? 감독님. 연기도 해보지 않은 일반인을 어디에 씁니까?"

나 참.

정작 본인은 아무 생각도 없는데 둘이서 북 치고 장구 치는 중이다.

"저기, 바빠서 그러는데 가봐도 될까요?"

내가 슬쩍 자리에서 빠지려고 하자 이번엔 웬 여인이 다가왔다.

"잠깐만요."

여인은 눈이 번쩍 뜨일 만큼 아름다운 외모의 소유자였다.

피부는 백옥같이 희고, 적당한 키에 몸매도 제법이었다.

분명 연예인인 것 같은데 난 텔레비전을 거의 안 보니 누구인지 알 수가 없었다.

"감독님 말씀처럼 조금만 가꾸면 괜찮을 것 같은데, 제가 소속사 사장님한테 추천해 보고 싶어요. 연기야 배우면 되는 거구요."

"저기요. 누군지 모르겠는데 갑자기 끼어들어서 소속사가 어쩌고 연기가 저쩌고 하는 거 불쾌하거든요."

"…내가 누군지 모른다구요?"

"네. 몰라요. 그쪽은 나 압니까? 서로 초면이잖아요."

"아… 완전 자존심 상해. 핸드폰 줘봐요."

"싫은데요."

난 분명히 싫다고 얘기했다.

그런데 내 의사와는 상관없이 손은 스마트폰을 꺼내 그녀에게 내밀고 있었다.

…아자린이 어거지로 내 손을 잡고서 폰을 꺼내게 만들어버렸다.

뭐하는 짓이야, 이 귀신이!

여인은 날 어이없이 바라보더니 폰을 확 빼앗아갔다.

그러고서는 어디론가 전화를 걸었다. 이내 그녀의 폰에서 벨이 울렸다.

그녀는 다시 내게 폰을 돌려주더니, 자기 폰에 찍힌 번호를 저장했다.

"싫다더니 폰은 왜 내밀어요?"

"내가 그런 거 아닙니다."

"네?"

여인은 어처구니없어 했고, 감독은 너털웃음을 터뜨렸다.

"그놈 참, 물건이네."

"조만간 연락할 테니까 얼굴이나 한번 봐요. 그때도 싫다고 하면 어쩔 수 없는 거고."

"만날 일 없을 겁니다."

난 그렇게 말하고서 현장을 떠나 버렸다.

*　　*　　*

"유하야. 화났어?"

터덜터덜 길을 걷고 있는데 아자린이 내 옆구리를 쿡쿡 찔렀다.

"……."

"남자가 고작 그런 일로 삐치냐."

"너무한 거 아니야? 내가 싫다는데 왜 그런 거야?"

"너 그 여자 누군지 몰라? 요새 가장 잘나가는 여배우잖아. 하로제!"

"하로제? 이름 특이하네."

"어떻게 다른 세상에서 온 우리들보다 더 모를 수가 있니?"

"텔레비전을 봐야 말이지."

"연예계 쪽에서 먼저 러브콜을 했는데, 이게 보통 기회야? 덥석 물어야지."

"몰라. 그런 분야에 관심 없어."

그때 록시가 끼어들었다.

"하지만 제법 강단 있더군. 22년 왕따에 빙의만 당하고 살아왔던 네가 그렇게 세게 나올 줄은 몰랐다."

그 원인이 록시 본인에게 있다는 건 모르는 모양이다.

그녀에게 지옥훈련을 받다 보니 어느 순간 성격까지 강인해진 느낌이 들었다.

"하아, 애초에 기분 전환 하려고 나왔던 건데, 울적해져 버렸어."

난 패잔병마냥 중얼거리며 여우산으로 향했다.

여우산은 우리 동네에서 가장 가까운 곳에 있는 산이다.

산바람을 맡으며 마음을 진정시키면 기분이 조금 나아질 것 같았다.

전 같았다면 이런 낮은 산 한 번 오르는데도 녹초가 되었겠지.

하지만 지금은 아니다.

오르막길을 발이 성큼성큼 나아가며 땅을 뒤로 밀어내는데도, 전혀 숨이 차지 않았다.

정상까지 도착하는 데 채 이십 분도 걸리지 않았다.

그만큼 낮은 산이기는 하지만, 어찌 되었든 난 발전했고 보통 사람의 체력 수준을 훨씬 웃돌았다.

"스읍~ 후우."

동네가 훤히 내려다보이는 곳에 서서 크게 숨을 들이켜고 내뱉었다.

높은 것도 마음에 들고, 공기도 마음에 들고, 혼자 있다는 것도 마음에 들었다.

그런데 불청객이 나타났다.

사실 이 산이 내 것도 아니고 불청객이라 할 것까진 없었지만, 만족스럽기만 하던 기분에 살짝 흠집이 이는 느낌이었다.

한데… 그 사람의 행태가 조금 이상했다.

멍한 얼굴에 눈엔 초점이 없고 걸친 옷은 다 헤져 넝마라고 하는 게 더 어울렸다.

"뭐야?"

딱히 누구에게 던지는 물음은 아니었다.

그런데 록시가 심각한 음성으로 받아쳤다.

"키메라!"

"키, 키메라? 오하렌이 만들고 있다던 그……?"

"맞아. 키메라야. 혼은 존재하지만 자아가 없는 괴물."

이 미친것들이 우리 동네에도 나타나다니.

내가 가장 우려하던 일이 벌어지고 말았다.

이래서야 마음 놓고 하루하루를 보낼 수가 없어져 버린다.

"우연도 이런 우연이 없잖아."

록시 일행에게 키메라의 존재에 대해 듣자마자 조우하다니.

"우연이 아닐 거예요."

프리린이 말했다.

"우연이 아니라니?"

"키메라들은 본능적으로 마나가 많이 응집된 곳을 찾게 되어 있어요. 여태껏 키메라들이 자살하거나 사람을 해쳤던 곳은 대부분 계곡이나 숲 속이었어요."

프리린과 내가 대화를 나누는 사이에도 키메라는 계속 나를 향해 다가왔다.

비척거리며 걷는 그 모습이 마치 좀비 같았다.

"왜 마나에 집착하는 거야?"

이번에는 아자린이 대답했다.

"그들은 마법으로 태어난 존재잖아? 그런데 자아는 없어. 본능만 존재하지. 그러니까 자신들의 몸에 내제되어 있는 것과 가장 비슷한 기운을 쫓는 것뿐이야. 마치 발정난 고양이가 맹목적으로 짝짓기를 하기 위해 상대를 찾는 것처럼."

비유를 해도 꼭 저런 식이다.

"그리고 산에서 너를 본 거지. 네 안엔 1서클의 마나가 모여 있잖아. 그래서 다가오는 거야."

"그럼 이제 어떻게 해야 돼?"

"죽여라."

록시의 말이었다.

"주, 죽이라고? 내가?"

"네가 죽이지 않으면 저 키메라에게 희생당하는 사람이 생길 것이다."

"하지만……."

겉모습은 사람이다.

한데, 어떻게 아무렇지도 않게 죽일 수 있단 말인가.

"그 희생자 중에 한 명이 네 어머니가 될 수도 있다."

"말이 좀 심하잖아."

"지금은 말로만 끝나니 다행이겠지. 그게 현실로 일어나지 않길 바란다면 죽여라."

록시의 말은 구구절절 옳았다.

사실 나도 알고 있다.

내가 키메라를 죽여야 한다는 걸.

그리고 이건 록시 일행과 나 사이에 맺었던 일종의 맹약이다.

내게 새로운 삶을 주는 대신 난 그들의 부탁을 들어주기로 했다.

그 부탁이란 영웅왕 오하렌을 없애는 것.

그리고 키메라는 오하렌이 만들어낸, 존재해서는 안 될 생명체들이다.

이제 키메라와 나 사이의 거리는 얼마 남지 않았다.

손발이 후들거리며 떨려왔지만, 주먹을 꽉 쥐고서 내 자신을 채찍질했다.

피할 수 없으면 맞서라고.

"으아아아아아압!"

기합을 한 번 내지르고서 키메라에게 달려들려 했다.

그런데.

타닷!

탁!

느리게만 움직이던 녀석이 갑자기 도약해 내 지척에 떨어져 내렸다.

내가 당황해서 아무것도 못하는데 록시가 소리쳤다.

"허리 숙여!"

반사적으로 허리를 숙였다.

슈악!

내 머리 위로 키메라의 손이 어마어마한 속도로 휘둘러졌다.

저거에 맞았다면… 머리가 날아갔을 것이다.

온몸에서 찌릿찌릿하며 소름이 일었다.

장난이 아니잖아!

"뒤로 물러나!"

이번에도 록시의 도움을 받아 키메라의 발길질을 피했다.

키메라는 목표물이었던 내가 없어지자 허공을 격한 다음, 중심을 잡지 못하고 잠시 비틀거렸다.

난 그 틈을 놓치지 않고 마법을 시전했다.

"매직 미사일!"

앞으로 내민 손에서 형성된 빛의 구가 키메라에게 날아갔다.

쾅!

"그아아아!"

매직 미사일에 얼굴을 얻어맞은 키메라가 기이한 비명을 지르며 뒤로 넘어졌다.

하나, 곧 벌떡 일어났다.

녀석의 입에서 피 묻은 치아가 우수수 튀어나왔다.

코가 함몰했고, 턱뼈가 나갔는지 입은 쩍 벌린 채 다물 줄을 몰랐다.

그럼에도 놈은 내게 달려들었다.

그 움직임이 여전히 민첩했다. 고통이라는 걸 모르는 것 같았다.

이에 다시 마법을 시전했다.

"그리스!"

그리스는 지면의 마찰계수를 0으로 만들어 버리는 마법이다.

중력을 가지고 노는 마법은 더 높은 서클에서나 시전이 가능한 고위마법이지만, 그리스는 일시적으로 마찰을 없애는 것뿐이니 1서클에서 충분히 시전 가능하다고 록시가 알려줬었다.

마법이 시전되자 키메라는 빙판 위에 서 있는 것마냥 비틀거리더니 뒤로 자빠졌다.

난 그 기회를 십분 활용하기 위해 연속적으로 마법을 시전했다.

"디그!"

말 그대로 땅을 파버리는 마법이다.

1서클에서는 사람 하나를 깊숙이 매장할 정도로 팔 수 있다.

마법의 시전과 함께 내 손이 키메라가 있는 땅을 가리켰고, 그곳을 파내는 듯한 모션을 취했다.

그러자 키메라의 밑에 있던 땅이 푹 파여 나갔다.

"그어어어어!"

키메라는 땅 속으로 떨어져 내렸다.

"파이어!"

이어, 화염 계열의 초급 마법이 시전되었다.

키메라의 옷에서 작은 불씨가 일더니 이내 전신으로 확 퍼졌다.

"그어어어어어어!"

키메라가 비명을 지르며 바닥에 몸을 마구 굴렸다.

하지만 그런다고 꺼질 불이 아니다.

"파이어 컨트롤!"

파이어 컨트롤은 불길을 내 의지대로 다스릴 수 있는 마법이다.

키메라의 몸에 붙은 불은 죽기는커녕 점점 더 덩치를 불려갔다.

나중에는 불길이 구덩이 밖으로 치솟아 오를 정도였다.

"이제 그만!"

록시의 말에 파이어 컨트롤 마법으로 불길을 잠재웠다.

구덩이 속에는 까맣게 타버린 키메라의 시체가 형체도 알아볼 수 없을 만큼 처참하게 구겨져 있었다.

"후우! 후우!"

살아 있는 생명을 죽였다.

그것도 사람과 닮은 키메라를.

정신적으로 많이 지쳤다.

하지만 여기서 무너지면 안 된다.

앞으로 난 이런 일을 숱하게 겪어야 한다.

그걸 잘 알고 있다.

애써 담담한 척하며 억지로 마음을 다스렸다.

"고생했어."

아자린이 내 어깨를 천천히 쓸어주었다.

난 후들거리는 다리를 겨우 진정시키고서 산을 내려갔다.

*　　*　　*

오후 여덟 시.

어머니의 편의점 일이 끝나는 시간이다.

난 편의점 정문 근처에서 어머니가 나오길 기다렸다.

여덟 시 십 분쯤 되어 어머니는 다른 아르바이트생과 일을 교대하고 밖으로 나오셨다.

그리고는 날 발견하시자 적잖이 놀랐다.

"유하야."

"어머니."

"여기까지 어쩐 일이야?"

"같이 가려고 기다렸죠."

"뭐하러 그랬어. 피곤하게."

"하나도 안 피곤해요."

"그래, 어서 가자. 응? 내 정신 좀 봐. 지갑을 카운터에 두고 왔네."

"아, 제가 갔다 올게요."

"그럴래?"

"네."

난 편의점으로 들어갔다.

그러자 교대한 알바생이 쾌활하게 인사했다.

"어서 오세요~"

알바생은 나와 비슷한 또래로 보이는 여자였다.

시원시원하면서도 귀염성 있는 얼굴에 허리까지 내려오는 긴 생머리가 인상적이었다.

"안녕하세요, 저 이미숙 씨 아들 되는데요."

"아~! 미숙 언니 아들이세요?"

"네."

"와… 몇 살이세요?"

"스물둘이요."

"아들이 있다는 건 알았는데 저랑 갑인 줄은 몰랐네요."

"스물둘이세요?"

"네. 근데 진짜 충격이다. 미숙 언니 외모만 보면 진짜 미혼 같아 보이는데."

"어머니가 좀 동안이죠."

"엄마 닮았나 봐요. 잘생기셨네요."

사람 면전에 대고 아무렇지 않게 저런 얘기를 하다니.

립서비스가 생활화되어 있는 여인인가 보다.

아무튼 칭찬이다 보니 기분은 괜찮았다.

"감사합니다. 그쪽도 예쁘세요."

"어머, 쑥스럽게."

그녀가 풋 하고 웃으며 내 어깨를 툭 쳤다. 그러더니 뜬금없이 이름을 물었다.

"이름이 어떻게 돼요?"

"설유하요."

"전 박소정이에요."

"아, 네."

"앞으로 얼굴 보면 아는 척해요."

"사교성이 좋으시네요?"

"그런 말 많이 들어요. 그런데 미숙 언니 아들이라고 하니까 어쩐지 더 편하네요. 제가 실례했나요?"

"아니요. 저도 편해요."

"호호. 그런데 무슨 일로?"

"어머니가 지갑을 두고 가셨다고 해서요."

"지갑이요?"

소정이는 카운터 밑을 살피더니 어머니의 지갑을 찾아서 내게 내밀었다.

"여기 있네요."

"감사합니다."

"내일도 어머니 모시러 오세요?"

"글쎄요. 잘 모르겠네요. 아마 그럴 것 같긴 한데."

"호호, 알았어요. 그럼 내일 봐요."

"네. 수고하세요."

뭔가 짧은 순간 동안 정신없이 상황이 전개되었다.

어머니의 지갑을 챙겨 밖으로 나오는데 아자린이 실실 웃으며 말을 걸었다.

"우와~ 유하 대단하네? 오늘 하루만 세 여자한테 호감 얻었어. 완전히 바람둥이 아냐?"

"시끄러워."

아자린의 말을 무시해 버리고서 어머니에게 다가가 팔짱을 꼈다.

"지갑 찾아왔어요. 이제 가요."

"그래. 그런데 우리 아들 팔뚝이 이렇게 단단했었어?"

순간 속이 뜨끔거렸지만 난 대충 둘러댔다.

"귀신이 안 찾아오니까 몸도 엄청 건강해지는 것 같아요."

"그래? 다행이네."

어머니는 그냥 웃으면서 넘어갔다.

"어머니, 옛날이야기 해주세요."

"뭐? 얘가 다 커서 갑자기 왜 이래?"

내 뜬금없는 부탁에 어머니가 낯설어했다.

사실 나도 이런 말을 하는 것이 부끄럽다. 하지만 전부터 그게 내 소원이었다.

태어나면서부터 정상이 아니었던 탓에, 어머니는 늘 불안감 속에서 날 키워오셨다.

다른 집 어머니들처럼 날 품에 안고서 마음 푹 놓고 옛날이야기 한 번 해본 적이 없었다.

"해주세요. 아무거나 좋으니까요."

내가 계속 조르니 어머니는 못 이기는 척하며 눈을 굴렸다.

"음… 그럼 옛날얘기 말고 우리 집 뒷산 얘기 해줄까?"

"뒷산 얘기라니요?"

"그 산 이름이 여우산이잖니."

"네, 그건 알아요."

"왜 여우산인 줄 알아?"

"그냥 옛날에 여우가 많이 살아서 그런 거 아닐까요?"

"맞아. 그런데 더 중요한 건, 구미호도 살았었다는 거야."

"에이, 구미호가 어디 있어요."

"엄마도 할머니한테 들은 거란다. 할머니는 할머니의 어머니, 그러니까 증조할머니한테 들었던 얘기고. 오래전부터 전해져 내려오는 얘기니까 옛날이야기 맞지?"

"그건 좀 억지 아니에요?"

"풋! 그런가?"

어머니는 내 익살에 마냥 즐거워 하셨다.

그런 어머니를 보는 것이 정말 기뻤다.

*　　*　　*

집에 오는 동안 별다른 일은 벌어지지 않았다.

어머니와 나는 오붓하게 늦은 저녁을 먹었다.

어머니는 내일도 일을 나가셔야 하기 때문에 집안일을 간단히 한 뒤, 씻고 11시쯤 주무셨다.

난 어머니가 잠드시자마자 마나 사이펀에 돌입했다. 아니, 돌입하려 했다.

그런데 프리린이 그런 날 제지했다.

"유하님. 오늘 밤엔 마나 사이펀 말고 다른 걸 해보는 게 어때요?"

"다른 거? 뭐?"

"조련술이요!"

"조련… 술?"

"네. 마법이랑 사령술은 기초를 닦으셨으니 조련술도 익히셔야죠."

"자고 내일 하면 안 될까?"

"밤에 하는 게 좋아요."

"왜?"

"낮에는 잘 볼 수 없는 야생 동물들이 밤에는 많이 돌아다니니까요."

"사람들이 사는 마을에서 무슨 야생 동물이야?"

"아니오. 숲 속에서요."

"지금… 이 시간에 숲에 올라가라고?"

"네."

"조금 있으면 열두 시야. 귀신 나오기 딱 좋은 시간이라고."

"우리가 귀신이잖느냐!"

록시가 버럭 소리쳤다.

으, 귀 따가워!

"그렇게 화낼 일이야?"

"남자라면 어둠 따위 두려워하지 말아라!"

"어휴, 알았어. 간다, 가."

결국 이번에도 귀신들한테 등 떠밀리고 말았다.

CHAPTER **07**
마법사 연합 가드 마스터

난 낮에 올라갔던 여우산 정상으로 향했다.

그 산이 집에서 가장 가까웠고, 키메라의 시체가 어찌 되었는지도 궁금했기 때문이다.

그런데.

"없어."

구덩이 속에 있어야 할 키메라의 시체가 사라지고 없었다.

이미 국가기관에서 발견하고 가져간 것일까?

사실 그건 어찌 되든 상관없다.

아직 국가에선 키메라의 정체를 모른다.

게다가 내가 키메라를 살해했다는 것 역시 알 수가 없다.

하지만 역시나 조그만 더 신중하게 행동할 걸 하는 후회는 남았다.

"흙으로 구덩이를 메꿀걸 그랬어."

록시가 내 생각을 대변하듯 말했다.

"괜찮아. 누가 시체를 수습하던 어때? 유하가 한 짓이라는 것만 모르면 돼."

아자린 역시 내 입장과 비슷한 말을 꺼냈다.

그때 프리린이 몸을 부르르 떨었다.

"록시님!"

"나도 느꼈어."

"마나? 제법 큰 마나를 가진 사람이 근처에 있어. 하나가 아니야. 둘!"

"뭐야? 마나를 가진 사람이라면… 마법사잖아. 설마 오하렌 일당?"

"도망쳐!"

록시가 벼락처럼 외쳤다.

동시에 내 발이 빠르게 움직였다.

타타타탁!

산봉우리에서 밑으로 내달리는데, 갑자기 눈앞에 검은 그림자가 나타났다.

퍽!

"큭!"

무언가가 내 가슴 양쪽을 세게 후려쳤다.

난 내려가던 것보다 더 빠른 속도로 뒤로 밀려나 바닥에 널브러졌다.

콰당!

"으윽……!"

뒤이어 내 촉각을 바짝 곤두세우는 소리가 들려왔다.

"파이어 볼!"

"3서클 화염 마법이야! 무조건 피해!"

록시가 소리치며 내 엉덩이를 걷어찼다.

난 뭣도 모르고 걷어차여진 반대 방향으로 냅다 뛰었다.

콰아앙!

조금 전까지 내가 있던 자리에 거대한 폭발이 일었다.

이 난리를 폈는데 설마 아무도 모르진 않겠지? 곧 누군가 달려와서 우리를 발견하겠지? 그렇게 되면 내가 살아날 길이 있지 않을까?

그리 생각하는데, 록시가 절망적인 한마디를 던졌다.

"사위에 블락 스페이스 마법이 시전되어 있어."

"그건 또 뭐야?"

"3서클 공간차단마법이야. 여기서 벌어지는 모든 광경과 소리는 외부에 전해지지 않아!"

"이런 젠장!"

그때 내 앞에 두 사람이 모습을 드러냈다.

둘 다 검은 타이즈 같은 걸 입고 있었는데, 한 명은 육감적인 몸매를 자랑하는 붉은 머리카락의 여인이었고, 다른 한 명은 우락부락한 근육맨이었다.

검은 스포츠머리에 곰 같은 인상이 특징이었는데 그것만으로도 충분히 위협적이었다.

"여자가 마법사. 3서클로 추정되고, 옆에 있는 남자는 투사, 1서클급의 마나를 모아 오러로 치환해서 사용하고 있어."

이렇게 된 이상 저 두 명을 무너뜨리지 않으면 여기서 살아남기 어렵다는 말이잖아?

에라, 모르겠다!

난 심장의 마나를 정수리로 끌어 올린 뒤 소울 파워로 치환하고 소리쳤다.

"스켈레톤!"

내 부름에 땅속에서 검은 연기가 숫구치더니 열 마리의 스켈레톤이 모습을 드러냈다.

그러자 낯선 여인과 남자가 흠칫거리며 놀랐다.

"사령술사?"

"음! 마법에 사령술까지 익혔다. 죽여야 한다."

둘의 대화에 록시가 고개를 갸웃거렸다.

"이상한데. 저들이 오하렌의 사람이라면 네가 어떻게 마법과 사령술을 익혔는지에 대해서 먼저 궁금해해야 마땅해."

"아, 정말이네요? 저 사람들. 마치 유하님이 이계의 기술들을 익힌 것에 대해서는 당연하다는 듯 넘어가고 있어요.”

뭐가 어떻게 돌아가는 거야?

“어찌 되었든 일단 저 녀석들 때려잡지 않으면 대화는 안 되겠는데?”

아자린의 말대로다.

그들은 내게 이유 모를 적의를 품고 있다.

덩치가 땅을 박차 내게 달려들었다.

“저 사람을 막아!”

내 명령에 스켈레톤 군단이 일제히 앞으로 튀어 나갔다.

“부숴 버린다!”

덩치가 소리치며 바윗덩이 같은 주먹을 휘둘렀다.

그러자 주먹에 푸른빛 강렬한 기운이 맺혔다.

‘저것이 오러!’

퍼석!

주먹에 정통으로 얻어맞은 스켈레톤이 머리가 깨지며 힘 없이 쓰러졌다.

그 사이 다른 네 마리의 스켈레톤이 덩치를 포위하더니 허리춤에 메고 있던 검을 뽑아 휘둘렀다.

쉬시시식!

사위에서 도망갈 틈 없이 검이 날아들었다.

그러자 덩치의 손에 있던 기운이 전신으로 흩어졌다.

덩치는 몸이 마치 은은한 빛의 갑옷을 입은 것처럼 번쩍였다.

카카카캉!

놀랍게도 스켈레톤들의 검은 덩치의 몸에 부딪히는 순간 부러져 버렸다.

"이런 제길!"

"이런 공격, 나 웅치한테 안 통한다!"

웅치?

이름 참 특이하다고 생각하는 순간 웅치의 몸을 감싸고 있던 빛이 양 주먹으로 집중되었다.

웅치는 그 상태에서 양팔을 쫙 폈다. 웅치의 키가 워낙 크다 보니 스켈레톤의 머리는 녀석의 가슴께에 있었다.

웅치가 오른발을 축으로 두고 빠르게 빙글 돌았다.

퍼퍼퍼퍽!

스켈레톤 네 마리의 머리가 웅치의 양 주먹에 부딪혀 일제히 부서졌다.

웅치는 바람처럼 몸을 날려 남아 있는 스켈레톤 다섯 마리의 진영으로 파고들었다.

동시에 주먹이 다섯 번 휘둘러졌다.

퍼퍼퍼퍼퍽!

남아 있던 스켈레톤들은 일제히 척추뼈가 끊어져 전투불능 상황이 되었다.

내가 넋 놓고 그 광경을 지켜보고 있자니 웅치가 다시 달려

들며 소리쳤다.

"엘린!"

"라이데인!"

여자의 이름은 엘린인 모양이다.

그녀가 왼손은 하늘을 향하게 한 뒤, 오른손으로는 날 겨눈 채 시전어를 외쳤다.

순간 내 머리 위에서 기류가 강렬하게 뒤틀리고 전신을 압박하는 무게감이 느껴졌다.

난 이것저것 생각할 것도 없이 옆으로 몸을 굴렸다.

번쩍! 콰르릉!

조금 전까지 내가 있던 자리에 번개가 떨어졌다.

엄청난 소리와 함께 세상이 밝아지고 난 다음엔 지축이 미친 듯이 흔들렸다.

저걸 정통으로 맞았다면 아무리 록시에게 지옥훈련을 받은 나라 해도 즉사했을 것이다.

몸을 일으키는 내 앞에 어느새 웅치가 다가와 있었다.

"젠장!"

절로 욕이 흘러나왔다.

웅치의 무식한 주먹을 피해 뒤로 멀찍이 물러났다. 동시에 내 안에 남아 있는 마나를 가늠해 보았다.

스켈레톤 열을 소환했지만 얼마 버티지 못하고 소멸당하는 바람에 마나는 많이 소모되지 않았다.

하지만 엘린은 3서클 마법사다.

그녀를 마법으로 상대한다는 건 무리였다.

만약 이 상황에서 엘린이 연속으로 마법을 마구 난사해 버리면 정말 위험할지도 몰랐다.

하지만 그녀는 그러지 않았다.

제자리에서 가만히 선 채 날 뚫어져라 노려보고만 있었다.

그사이 웅치는 계속해서 달려들어 이리저리 주먹을 휘둘러 댔다.

난 그것을 가까스로 피했다.

"저 여자, 룬 문자를 그려서 마법을 조합하는 시간이 오래 걸린다."

록시의 말이었다.

그게 그렇게 어렵나? 난 바로바로 되는데.

엉뚱한 생각을 하는 사이 웅치의 주먹에 결국 한 방을 얻어맞고 말았다.

퍽!

"컥!"

뱃속의 창자가 조각조각 끊어지는 기분이었다.

뒤로 죽 날아가 바닥을 굴렀다.

몸을 일으키니 또 다시 웅치가 달려들었다.

"너, 죽인다!"

"록시! 오러는 어떻게 사용하는 거야!"

"마나를 소울 파워로 바꾸는 것과 똑같아! 하복부로 옮겨
서 오러로 치환한 다음 주먹에 담아라!"

상황이 너무나 급박한지라 깊이 생각할 여유가 없었다.

시키는 대로 정수리의 소울 파워를 하복부로 옮겼다. 그러
자 딱히 뭘 하지도 않았는데, 소울 파워의 기운이 바뀌었다.

난 그것을 오른 주먹에 담았다.

그러자 주먹이 웅치의 그것처럼 푸른빛으로 휩싸였다.

벌써 웅치는 지척에 다라라 그 무식한 주먹을 내뻗는 중이
었다.

"이야아아아압!"

죽기 아니면 까무러치기다!

웅치의 주먹에 내 주먹을 그대로 들이받았다.

콰아아앙!

엄청난 소리와 함께 커다란 충격이 전해졌다.

미약한 충격파가 일며 웅치와 난 반대방향으로 날아갔다.

콰당! 쿵!

"웅치… 주먹 아프다!"

웅치가 쉽사리 일어나지 못하고서 끙끙댔다.

난 놀라서 내 주먹을 바라봤다.

웅치의 주먹보다 세 배는 작은 내 주먹이 훨씬 강했다!

"멍하니 있지 마, 유하!"

아자린이 소리쳤다.

그야말로 지금은 절호의 찬스!

웅치에게 회심의 일격을 먹여 무력화할 요량으로 달려나가려는데, 엘린의 목소리가 들렸다.

"윈드 커……!"

난 그녀의 시전어가 완성되기 직전, 주먹에 담은 오러 중 일부를 심장에 옮겨 마나로 치환시킨 뒤, 한발 빠르게 시전어를 외쳤다.

"그리스!"

마찰계수를 0으로 만드는, 키메라와 싸울 때 써먹었던 1서클 마법이었다.

다행히 그 마법은 효과를 톡톡히 봤다.

"꺄악!"

엘린이 시전어를 제대로 내뱉지 못한 채 뒤로 벌렁 넘어졌다.

그러는 사이 웅치에게 다가간 난 위로 붕 날아올라 아래로 떨어지면서 주먹을 놈의 명치에다 내려꽂았다.

쫘앙!

제대로 먹혔나?

손에 확실히 타격감이 전해졌다.

하지만 내가 때린 건 웅치의 명치가 아니었다. 녀석은 순식간에 두 팔을 교차해 주먹을 막아냈다.

그렇다면!

"으아아아아아아!"

난 웅치의 배에 올라탔다. 그리고 오러를 두 주먹에 나누어 담은 뒤, 팔을 무식하게 때려댔다.

퍼퍼퍼퍼퍼퍽!

"아프다! 웅치 팔 부러진다!"

드드득! 드득! 콰직!

웅치의 말처럼 녀석의 팔은 양쪽 다 부러져서 기이하게 휘었다. 이어, 웅치의 가드가 풀렸다.

양팔이 축 처지며 명치가 훤히 드러났다.

이대로 끝이다!

"아아압!"

기합과 함께 크게 한 방 가격하려 하는 순간!

퍽!

"큭!"

웅치의 무릎이 내 등을 가격했다.

무식해 보이는 몸과 달리 엄청난 유연성이었다.

찌릿한 고통에 잠시 멍해지는 사이, 어느새 웅치는 상체를 일으켜 내게 박치기를 선사했다.

뻑!

"억!"

눈앞에 별이 번쩍하는가 싶더니, 입장은 반대가 되어 있었다.

웅치가 내 위에 올라타 무릎으로 양팔을 짓눌러서 움직임을 봉쇄했다.

"엘린!"

웅치가 엘린을 불렀다.

엘린은 고개를 끄덕이며 입을 벌렸다.

시전어를 외치려는 것이다.

이대로라면 정말 끝장이다!

"고작 이 정도에 고전하지 마라! 빠져나와, 설유하!"

"유하야!"

"유하님!"

귀신들도 놀라서 소리쳤다.

여기서 내가 뭘 어떻게 해야 하지?

이미 오러를 많이 쓰는 바람에 마나가 거의 바닥난 상황이라 스켈레톤을 소환하기도 힘들다. 마법을 시전하는 것 역시 무리다.

더불어 내 몸은 웅치에게 결박당해 있다.

완벽하게 핀치에 몰린 순간, 허공에서 스쳐 지나가는 무언가를 보고서 나도 모르게 웃어버렸다.

난 남은 마나를 모두 정수리에 보내 소울 파워로 치환했다.

그리고 허공을 부유하던 혼령, 내게 타죽었던 키메라의 혼령에게 명을 내렸다.

"엘린에게 빙의해라!"

"버닝 핸……!"

키메라의 혼령이 두말없이 엘린의 몸속으로 들어갔다.

시전어를 외치려던 엘린이 갑자기 바닥에 드러누워 데굴데굴 구르기 시작했다.

"뜨거워! 아악! 뜨거워!"

그녀가 온몸을 손으로 탁탁 털어대며 비명 질렀다.

타죽어 버린 키메라의 영혼은 최후의 순간을 잊지 못하고서 여전히 괴로워하는 중이었다.

엘린의 몸을 빌려서 말이다.

"에, 엘린?"

웅치가 당황하는 사이, 난 하반신을 튕겨 무릎으로 놈의 허리를 찍었다.

빽!

"아악!"

웅치가 놀라서 뒤로 널브러졌다.

"그대로 돌려받으니까 기분이 어때?"

녀석에게 물었지만 대답을 들을 생각은 없었다.

난 그대로 웅치의 얼굴에 무릎을 찍어 넣은 뒤, 주먹으로 명치를 가격했다.

"끄어……."

웅치는 충격을 견디지 못하고서 그대로 기절했다.

그제야 난 엘린에게 빙의된 키메라의 영혼을 다시 빼냈다.

엘린은 사무치는 고통 속에서 게거품을 문 채 웅치의 따라 기절해 버렸다.

한데 기절하기 전에 한마디 건넨 것이 우리를 혼란 속으로 밀어 넣었다.

"이… 오하렌의 더러운 개……."

*　　　*　　　*

마나를 전부 회복하자마자 웅치에게 맞아 아직도 욱신거리는 복부를 치료했다.

"이 두 사람 정체가 뭘까요?"

프리린이 우리를 돌아보며 물었다.

"이 여자, 오하렌의 더러운 개 어쩌고 하지 않았어?"

"적어도 오하렌의 부하는 아닌 모양이야."

"그럼 어떻게 해야 돼요?"

프리린의 말에 아자린이 입꼬리를 말아 올렸다.

"일단 벗겨."

"네?"

"대화는 해봐야겠는데, 눈 뜨자마자 달려들면 어떡해? 수치심을 느껴서 아무것도 못하게 만들어 버리는 거야. 후훗."

"아자린님, 그건 좀……."

"벗겨 버려, 유하!"

"웨이크 업."

난 아자린의 말을 싹 무시하고서 1서클 각성 마법으로 두 사람을 깨웠다.

"꺅! 유하님, 그러다 큰일 나시면!"

프리린이 호들갑을 떨었고, 아자린은 좋은 기회 놓쳤다며 툴툴댔다.

록시는 아무 말 없이 내가 하는 양을 지켜봤다.

"으음……."

"어?"

두 사람은 정신을 차리자마자 주변을 둘러보다가 나와 눈이 마주치자 벌떡 일어섰다.

하지만.

"그리스."

"꺅!"

"윽!"

그리스 마법에 도로 넘어졌다.

웅치는 두 팔이 부러진 상태고, 엘린은 마법의 시전이 나보다 느리다.

결국 지금은 내가 절대적으로 유리한 입장에 서 있었다.

둘은 여전히 적대감 가득한 시선으로 날 노려봤다.

"얘기 좀 하고 싶은데."

"그런다고 대답해 줄 것 같아?"

"혹시 오하렌을 싫어해?"

"당연하잖아!"

"왜?"

"이건 뭐지? 유도심문 같은 건가? 왜? 내 입에서 좋다는 말이 나올 때까지 괴롭힐 셈이야? 해볼 테면 해봐!"

그러자 상황을 지켜보던 아자린이 엘린의 뒤로 가서 몸 구석구석을 더듬으며 말했다.

"괴롭히는 건 내가 잘하는데. 하아, 정말 아쉬워."

물론 엘린은 이를 전혀 느끼지 못하고 있었다.

그나저나 어떤 식으로 괴롭히겠다는 건지 이제 뻔히 알겠다.

아자린 때문에 사상이 완전히 더러워져 버렸어.

"엘린이라고 했지?"

"역시. 이미 내 뒷조사까지 다 해놓았었다는 건가?"

"뭐가 뒷조사야. 둘이 나랑 싸우면서 신나게 이름 불렀잖아."

"흥, 아무튼 절대 오하렌이 좋다는 말은 못해."

"나도 안 한다."

몇 마디 나눠보지 않았는데, 엘린의 성격이 다 파악되었다.

엘린은 어떤 상황이 주어지면 그 속으로 심각하게 파고드는 것 같았다.

웅치는 보다시피 뭔가 좀 모자라 보였다.

아무튼 이들은 오하렌을 극도로 싫어한다.

적의 적은 친구라고 했다.

즉, 이들과 나는 적이 아니다.

공동의 적을 가지고 있으니 아군이 될 수 있다.

한데 이들이 오하렌을 싫어하는 이유, 그것이 무언지 알아야 한다.

"왜 오하렌을 싫어하지?"

"제멋대로 지구를 손아귀에 넣고 주무르려 하는 녀석인데, 싫어하는 게 정상 아니야?"

"너희는 오하렌의 부하가 아니었어?"

"그런 역겨운 소리 하지 마! 너야말로 오하렌의 부하면서 무슨 소릴 하는 거야!"

"아니, 난 아니야."

"웃기지 마. 마법에 사령술에 오러까지 사용하면서 아니라는 게 말이 돼? 오하렌의 부하가 아니면 지구의 어디에서 타차원의 기술을 익힐 수 있단 말이야?"

"너희야말로 마법이나 오러의 사용법을 누구한테서 전수받은 거야?"

대화가 여기까지 진행되니 엘린도 뭔가 좀 이상했던 모양이다.

"너 뭐야? 가드 마스터의 일원은 아닌데… 오하렌의 부하도 아니라고?"

"가드 마스터? 그건 또 뭔데?"

"가드 마스터를 몰라?"

"몰라. 아, 그전에 웅치. 그 팔부터 치료하자. 힐."

내가 웅치에게 회복마법을 시전하자, 부러졌던 그의 팔이 서서히 붙어 제 형태를 찾아갔다.

웅치는 두 팔이 낫자마자 벌떡 일어서서 날 공격하려 들었다.

한데 엘린이 다급히 그런 웅치를 말렸다.

"멈춰, 웅치!"

웅치가 주먹을 휘두르려던 자세 그대로 굳어버렸다.

"아무래도 이상해. 이 녀석… 오하렌 일당이 아닌 것 같아."

"오히려 그 반대 입장에 서 있다고, 난. 오하렌을 없애야 한단 말야."

"…뭣 때문에?"

"얘기하자면 조금 긴데…….."

*　　　*　　　*

내 설명을 다 듣고 난 엘린이 입을 쩍 벌렸다.

웅치는 하나도 모르겠단 표정으로 뒤통수만 긁적였다.

"록시… 아자린… 프리린?"

"그래. 네 눈에는 안 보이겠지만 지금도 주변에 함께 있어."

엘린은 이걸 믿어야 하나 말아야 하나 고민하는 눈치였다.

대체 어떻게 하면 이 아가씨에게 절대적인 믿음을 줄 수 있을까?

고민하던 내게 록시가 말했다.

"브레인 스캔 마법을 시전하라고 해. 3서클 마법사들이 익힐 수 있는 마법으로 타인의 기억 중 커다란 사건들을 읽어낼 수 있는 마법이다."

난 고개를 끄덕인 뒤, 엘린에게 머리를 쑥 내밀었다.

"브레인 스캔이라는 마법이 있다며?"

"있어."

"그걸로 내 뇌를 스캔해 봐."

"그래, 그럼 되겠네."

엘린이 눈을 동그랗게 뜨고서 한참 동안 눈을 감고 있다 시전어를 읊조렸다.

"브레인 스캔."

그러자 그녀의 오른손에 은은한 빛이 맺혔다.

엘린은 그 손을 내 머리에 댔다.

한동안 그 자세로 가만히 있던 엘린이 손을 떼고 나서 떨리는 목소리로 말했다.

"맙소사… 전부 사실이야. 어쩌면 지금 우리는 역사적인 사건의 시발점에 서 있는 걸지도 몰라! 가슴이 뜨거워지고 있어."

이 아가씨 또 몰입하셨다.

논점이 다른 곳으로 흘러가기 전에 붙들어 매야 한다.

"이제 너희 얘기를 들어봤으면 하는데. 가드 마스터? 그게 뭐야?"

"가드 마스터는… 오하렌 일당에게 맞서기 위해 만들어진 단체야. 오하렌 일당은 스스로를 메제르시엘이라 칭하면서 지구를 정복하려 하고 있어."

"메제르시엘이 뭐야?"

그러자 프리린이 대답했다.

"루시르 대륙의 언어로 새로운 하늘이라는 뜻이에요."

"새로운 하늘? 엄청 오만하네."

"방금, 귀신들이랑 대화한 거야?"

엘린이 신기한 얼굴로 내게 물었다. 그녀에겐 아마 내가 혼잣말을 하는 것처럼 비춰졌을 것이다.

"아, 응."

"재밌네. 지구인들에겐 보이지 않는 귀신이라니. 그런데 왜 너한테만 보이는 거야?"

"그걸 나도 모르겠어. 귀신들도 이유를 잘 모르고."

"보통 그렇게 특별한 입장에 서게 되는 사람들은 영웅이 되던데. 혹시 네가……."

엘린의 눈이 초롱초롱하게 빛났다.

또 다시 자기가 펼쳐 놓은 멋진 상황 속으로 몰입해 버린 것인가?

"근데 가드 마스터는 어떻게 하다 생겨난 거야? 오하렌 일당… 메제르시엘과는 왜 싸우려 하는 거고."

"사실 가드 마스터의 모든 사람은 메제르시엘의 일원이었어."

"뭐?"

"메제르시엘의 사람들은 지구인 중에서 마나를 다룰 재능이 있는 이들에게 은밀히 접근해 와. 그리고 메제르시엘에 들어올 것을 권유하지. 온갖 사탕발린 말로 상대방을 정신없게 만들어 버려. 그들이 하는 얘기를 듣고 있노라면 내가 이 세상의 선구자가 되어야겠다는 사명감이 생겨날 정도야."

"너랑 웅치한테도 그렇게 접근했던 거야?"

"응. 내가 먼저 메제르시엘에 들어갔고, 웅치는 한참 있다가 합류했어. 사실 처음에는 긴가민가했지. 다른 세상에서 왔다느니 마법이라는 걸 다룰 수 있다느니… 그런데 오하렌과 사천왕 중 한 명의 실력을 직접 눈으로 보고 나니 안 믿을 수가 없더라."

"사천왕?"

"오하렌과 함께 루시르 대륙을 마왕의 손아귀에서 구해내었던 영웅들을 사천왕(四天王)이라고 불러. 그리고 사천왕보다 높고 오하렌보다 낮은 자리에 앉은 패왕(覇王) 바르쳉이 있어. 오하렌은 지금 파천황(破天皇)이라고 불리지."

"파천황, 죽인다!"

쾅!

오하렌의 이야기가 나오자 웅치가 주먹으로 바닥을 때렸다.

나와 귀신들은 놀라지 않았으나, 말을 하던 엘린이 놀라 버렸다.

"깜짝이야! 웅치! 얌전히 있어!"

"알았다."

엘린의 한마디에 웅치는 순한 강아지가 되었다.

"사실 처음엔 오하렌의 얘기가 진리라고 생각했어. 하지만 그가 메제르시엘 안에서 자행하는 일들에 대해 알고 나서부터는 결코 함께할 수 없었어."

"그가 뭘 하고 있었는데?"

"키메라… 키메라를 만들고 있었어. 사형수들을 빼돌려서 온갖 다른 생명체와 융합시켰어."

"사형수? 사람을 키메라의 재료로 사용했단 말이야?"

"응. 그걸 제로님이 보셨어."

"제로?"

"우리들을 이끄는 가드 마스터의 수장이야. 깔끔한 대머리가 인상적인 분이지."

깔끔한 대머리라.

엄청 파격적인 우두머리 소개인걸.

"제로님은 이 묵인하고 넘어갈 수 없는 상황을 이미지 마법으로 복사해 뒀다가 우리들에게 보여줬어."

내가 못알아들을 걸 염려했는지 록시가 이미지 마법에 대해 설명해 주었다.

"눈앞에서 벌어지는 현상을 복사했다가 다시 재생시키는 마법이다. 마치 홀로그램처럼 눈앞에 과거의 현상이 펼쳐지지."

그렇군.

"그럼 말이야. 그 제로라는 사람도 너나 웅치처럼 평범한 지구인이었던 거야?"

"그건 나중에 말해줄게."

엘린은 무슨 이유에서인지 대답을 회피했지만, 아마 내 짐작이 맞을 것이다.

오하렌과 그 동료들은 이미 한마음이 되어 지구를 정복하고자 마음먹었으니까.

제로가 그중 한 명이었고, 의견을 달리했다면 이미 오래전에 무리를 뛰쳐나왔겠지.

"한데, 제로가 이미지 마법으로 재생한 영상을 보고서도 메제르시엘에 남은 사람들이 있었어?"

"반 이상이 남았어."

"반 이상이나?"

"다들 이미 권력의 맛에 눈이 멀어버린 거야. 훗날 메제르 시엘이 세상을 발아래 두게 되면 그들은 엄청난 힘을 쥐게 될 테니까. 쉽게 몸을 빼지 못하는 거야."

"가드 마스터는 언제 설립된 거야?"

"이제 이 년 정도 됐어."

"용케도 살아남았네."

"제로님은 제법 강하니까."

"숨었다, 우리. 지금도 숨어서 지낸다."

"웅치! 시끄러워!"

엘린이 얼른 웅치의 말을 잘랐다.

하지만 웅치의 특징 중 하나랄 수 있는 게, 쓸데없는 잡소리가 없고 요점이 될 단어들만 툭툭 내뱉는 화법이다.

이미 가드 마스터가 어떠한 입장에 처해 있는지는 충분히 알 수 있었다.

"숨어서라도 그 세력을 유지하고 있는 게 대단하네."

"비꼬는 거야?"

"진심이야."

엘린이 영 못미덥다는 시선을 던졌다.

"그건 그렇고 키메라의 시체를 치운 건 너희야?"

"응. 이 근처에 키메라가 돌아다닌다는 걸 알고 잡으러 왔는데 누군가가 먼저 작살 내놨더라? 그래서 시체만 수습한 다음 돌아가려 했던 건데, 주변에서 마나의 기운이 느껴지더라고."

"그게 나였구나."

"맞아. 우린 네가 메제르시엘 사람인 줄 알았어."

"너희 입장에선 그렇게 생각할 수밖에 없었겠지."

"아무튼 이제 우리는 적이 아닌 거네?"

"응. 적어도. 그런데 왜 너희가 키메라를 수습하러 다니는 거야? 정의감 때문에?"

"아니, 책임감 때문에."

"책임감이라니?"

"사실… 키메라들이 세상에 돌아다니는 건 우리 때문이니까."

"자세히 들었으면 좋겠는데."

"2년 전, 지금의 가드 마스터가 된 멤버들이 메제르시엘을 빠져나올 때, 키메라들이 갇혀 있는 우리를 파괴시켰거든. 그대로 두어봤자 키메라들은 오하렌의 밑에서 못된 짓을 일삼는 군단이 되거나 고통만 받을 테니까."

"그런데 일이 생각처럼 풀리지 않았나 보네."

"불길이 미처 거세지기도 전에 우리의 문이 무너졌고, 그 틈을 타 키메라가 도망쳤어."

그러자 록시가 고개를 주억거렸다.

"그런 사건이 있었군."

록시의 말이 끝나자 아자린과 프리린도 덩달아 고개를 끄덕였다.

그녀들도 키메라들이 갑자기 돌아다니게 된 이유에 대해서 궁금해했었다.

이제 그 비밀이 풀렸으니 속이 좀 시원하겠지.

"우리에서 나온 키메라 수가 얼마나 되는 거야?"

"대략 이백 마리 정도 돼. 그중에서 백육십 마리 정도는 자살하거나, 우리가 죽이거나, 혹은 정부가 잡아갔어."

"그럼 이제 남은 건 사십 정도라는 얘기네."

"응. 한데 춘천에서 머무는 키메라는 너한테 죽은 녀석이 마지막이야."

"확실해?"

"이 년 동안 키메라의 흔적을 쫓아온 우리야. 무시하지 말라고."

"그렇단 말이지."

다행히도 당분간은 어머니의 출퇴근길을 걱정하지 않아도 될 것 같았다.

"아무튼 앞으로 잘해봐, 우리!"

엘린이 손을 내밀었다.

조금 전까지만 해도 죽이네 사네 하던 여자가 이제는 우리란다.

어떤 식으로든 지금 주어진 상황을 받아들이면 그에 따라 입장도 감정도 확확 변하는 여인이었다.

난 그녀와 가볍게 악수했다.

그러자 엘린이 내 손을 확 끌어당겼다.

팔은 가녀린데 악력이 굉장했다.

상체가 앞으로 기울어지며 내 얼굴과 엘린의 얼굴이 맞닿을 듯 가까워졌다.

"너, 가드 마스터에 들어오지 않을래?"

"내가, 가드 마스터에?"

"응. 이미 마법에다 사령술, 그리고 오러까지 사용할 수 있으니까 자격은 충분해. 가드 마스터에서도 너처럼 세 가지 모두를 다루는 사람은 없어."

"제로님도 불가능하다."

"그래. 인정하긴 싫지만 재능만으로 따지면 네가 제로님을 능가해."

그렇구나.

여태껏 난 내가 익힌 모든 것을 당연하게 생각해 왔다.

록시 일행이 내게 큰 재능을 가지고 있다 말해주어도 별다른 감흥이 없었다.

그런데 살아서 오하렌과 대적하고 있는 자들의 이야기를 듣고 나니, 그제야 내가 얼마나 대단한 업적을 이룬 것인지 알 수 있었다.

"들어올래?"

마스터 가드는 오하렌이 파천황으로 있는 메제르시엘과 대적하는 세력이다.

여태껏 숨어서 활동한 것으로 보아 메제르시엘을 상대하기엔 아직 힘이 많이 부족한 것 같다.

하지만 그런 건 차치하고서라도 일단 내 입장에서 보자면 그들과 손을 잡는 게 유리하다.

지금의 난 아군 하나 없는 외톨이다.

혼자 보단 둘이, 둘보단 셋이 낫다.

물론 득보단 실이 되는 사람도 있는 법이지만 적어도 가드 마스터라는 집단은 내게 실이 되지 않을 것 같았다.

"좋아."

내 대답에 엘린이 활짝 미소 지었다.

한데, 아까부터 얼굴이 너무 가까이 있어 그녀의 숨결이 그대로 피부에 닿아 간지러웠다.

난 그녀에게 잡혀 있던 손을 빼고 상체를 뒤로 젖혔다.

"근데 넌 어느 나라 사람이야?"

"나, 나?"

엘린이 갑자기 당황했다.

그때, 웅치가 대신 대답했다.

"엘린, 한국사람."

"웅치!"

"본명은 몰라. 머리카락은 염색한 거."

"그래? 어쩐지 모발 색에 비해 이목구비가 유난히 토종이더라니. 왜 그러고 다니는 거야?"

"그냥. 예쁘잖아."

"그게 다야?"

"좁은 땅덩어리에서 태어난 것도 별로고."

"한국 땅은 다 밟아보고 그런 소리 하냐?"

"신경 꺼, 꼬치꼬치 귀찮아 죽겠네. 아무튼 이틀 뒤, 자정에 다시 여기서 만나. 상부에 보고 올리고 정식으로 입단 절차 밟아서 데리러 올 테니까."

"알았어."

"사탕 좋아해?"

"뭐?"

엘린이 내 대답은 듣지도 않고 가슴 사이로 손을 넣더니 꼼지락거리다 뭔가를 꺼내 던졌다.

그건 사탕 한 알이었다.

…이게 왜 거기서 나오는 건데.

"기분 안 좋을 때 먹으려고 갖고 다니는 건데, 손잡은 기념으로 너 줄게. 오해는 하지 마. 임무수행 할 땐 보다시피 타이트한 쫄쫄이 차림이라 주머니가 없어서 여기 넣고 다녔던 것뿐이니까. 그럼 가볼게."

"웅치, 간다."

"잘 가, 두 사람 다."

엘린과 뭉치가 시야에서 모습을 감췄다.

난 손에 들린 사탕을 만지작거리다가 차마 먹지 못하고서 주머니에 넣었다.

*　　*　　*

"졸지에 아군이 생겼네?"

아자린의 목소리가 어지럽게 흩어졌다.

그녀는 한참 전부터 내 몸을 이리저리 관통하는 중이다.

"정신 산만해. 가만히 좀 있어."

"엘린은 어때? 타이즈에 그대로 드러나는 몸매가 장난 아니던데. 얼굴도 그 정도면 제법 예쁘장하고."

"무슨 소리야? 아, 그보다 좀 가만히 있으라니까."

"고등학교 동창 퀸카 성린에, 가장 잘나가는 신인 여배우 하로제, 그리고 편의점 알바생 주제에 상당한 외모를 자랑하던 박소정, 마지막으로 가드 마스터의 엘린까지! 하루 만에 넷이나 꼬였잖아. 너 그러다 체한다?"

"네 멋대로 말… 그만 앉으라고!"

소리를 버럭 지르자 그제야 아자린은 내 앞에 얌전히 앉았다.

"유하. 다음부터는 위기 상황에 처할 때 우리를 이용해라."

아자린이 입을 다물자 록시가 기다렸다는 듯 말을 꺼냈다.

"뭐? 어떻게?"

"넌 사령술사야. 우리를 너한테 빙의시킨 뒤, 육신의 주도권을 넘겨."

"아! 그럼 나 대신 싸워주는 것도 가능하겠네."

"그래."

"진작 좀 알려주지."

"아까는 경황이 없어서 미처 얘기 못했다."

사실 록시 일행이 지구의 사람들에게 빙의할 수 있었다면 처음부터 그녀들을 엘린과 웅치에게 빙의시켰을 것이다.

하지만 그게 불가능했기에 키메라의 영혼을 이용했다.

키메라의 영혼은 아직 성불하지 못한 채 주변을 떠돌고 있었다.

난 마나를 소울 파워로 바꿔 키메라의 영혼을 하늘로 성불시켰다.

"후우, 이제 내려가자."

"유, 유하님. 아직 내려가면 안 돼요."

프리린이 내 앞을 가로막았다.

"뭐? 왜?"

"잊으셨어요? 애초에 여기 온 건 저한테 조련술을 배우기 위해서잖아요."

"아, 그랬지. 한데… 시간도 많이 지났고."

내 말에 프리린이 해맑은 미소를 머금었다.

"밤은 길어요."

프리린의 말에 난 급격한 피로감을 느꼈고, 아자린은,

"어머, 프리린~ 야해!"

"에에에에에? 어, 어떻게 그 말이 그렇게 들리는데요!"

"풋! 모르는 척하긴. 몸만 꼬맹이고 머릿속엔 엄청나게 많은 지식이 담긴 주제에!"

"아니에요! 아자린님, 아니라구요!"

열심히 프리린을 놀렸다.

CHAPTER **08**
라이아스 알자임

"아셨죠? 1서클급의 마나를 스피릿 파워로 치환시키면 세 마리의 동물과 주종의 맹약을 맺을 수 있어요."

"그럼 그 동물들은 어떻게 관리하는데?"

"몸에 봉인 시키는 거예요."

"그게 가능해?"

"그럼요. 이제 시작해 볼까요?"

"동물이 보여야 뭘 하지."

"마나를 머리로 보내서 스피릿 파워로 치환시키는 것부터 해볼게요. 소울 파워랑 오러로 치환시키는 걸 무리없이 해내셨으니까 이번에도 가능할 거예요."

"알았어."

난 심장의 마나를 머리로 보냈다.

그리고 그것의 성질이 바뀌는 걸 이미지했다.

다행히도 마나는 손쉽게 스피릿 파워로 바뀌었다.

"와… 정말 대단하시네요."

"진짜 천재네."

프리린과 아자린이 날 보며 감탄했다.

내가 으쓱해하며 록시에게 시선을 돌렸다.

하지만 록시는,

"흥."

콧방귀를 뀌더니 날 외면했다.

하여튼 저놈의 자존심은.

"자, 그다음은?"

"스피릿 파워를 주변으로 흘려보내세요."

"이것도 이미지를 떠올리면 되는 거지?"

"네."

아무래도 상상력 부족한 사람들은 루시르 대륙에서 크게 되기 힘들 것 같다.

난 스피릿 파워를 머리 밖으로 멀어냈다.

스피릿 파워는 내 생각에 따라 스멀스멀 주변으로 퍼져 나가기 시작했다.

"이제 곧 주변의 동물들이 유하님의 스피릿 파워에 반응해서 하나둘 모여들 거예요."

"왜 스피릿 파워에 반응하는 거지?"

"스피릿 파워 자체가 동물들을 홀리는 최면적인 힘이니까요."

"그렇구나."

얼마나 시간이 흘렀을까.

주변의 풀들이 흔들리고 미세한 발소리가 들려오는가 싶더니 동물들이 하나둘 모습을 드러냈다.

토끼, 다람쥐, 고라니, 살쾡이, 산고양이부터 시작해서 유기견으로 보이는 강아지들까지.

한데 그중 유독 튀는 녀석이 하나 있었다.

겉모습은 여운데, 덩치가 보통의 여우보다 조금 더 컸고, 털이 피처럼 붉었다.

"뭐야, 저 녀석은? 돌연변이인가?"

내가 그 여우를 뚫어져라 보고 있자니 프리린이 놀라 소리쳤다.

"구, 구미호!"

"구미호?"

"네! 구미호요! 지구에 서식하고 있는 영물 말이에요! 루시르 대륙에는 없지만 지구에는 구미호가 존재한다면서요?"

"그거야… 그냥 전설 같은 거 아니었을까?"

"아니 땐 굴뚝에 연기 나는 법 없듯이, 실체가 없는데 공연히 전설만 생겨나는 법 또한 없어요. 구미호는 정말 존재했던 거예요! 꼬리가 두 개니까 아직 성숙하지 않은 상태라서 유하 님의 스피릿 파워에 끌려왔나 봐요."

"그런데… 왜 이 산에 구미호가……."

그때, 어머니께 들었던 말이 떠올랐다.

"그 산 이름이 여우산이잖니."

"네, 그건 알아요."

"왜 여우산인 줄 알아?"

"그냥 옛날에 여우가 많이 살아서 그런 거 아닐까요?"

"맞아. 그런데 더 중요한 건, 구미호도 살았었다는 거야."

…그거 단순히 옛날이야기가 아니었어!

"프, 프리린! 이제 어떻게 하면 돼!"

"구미호를 길들이실 건가요?"

"당연하지! 근데 가능할까?"

"일단 스피릿 파워에 홀려서 왔으니까 가능성은 충분해요! 천천히, 구미호에게 다가가세요."

"알았어."

한 발, 한 발 조심스럽게 떼서 구미호와의 거리를 좁혀 나갔다.

구미호는 스피릿 파워에 취해 있으면서도 내가 가까워질수록 조금씩 뒤로 물러났다.

"유하님. 스피릿 파워를 전부 구미호에게 집중시키세요."

"응."

시키는 대로 따르자 다른 동물들은 모두 정신을 차려 후다닥 도망쳤다.

이제 이 근방에는 나와 구미호만이 남아 있었다.

슬금슬금 뒷걸음질 치던 구미호는 그 자리에 못이 박힌 듯 굳어버렸다.

스피릿 파워가 전부 구미호에게 향하고 있기 때문이다.

어느새 난 구미호의 지척에 다다랐다.

그러자 프리린이 내게 다음 행동을 지시했다.

"이제 구미호의 눈을 똑바로 바라보세요."

"응."

"절대로 시선을 피하지 마세요. 구미호가 유하님의 스피릿 파워에 완전히 굴복하게 되면 고분고분해질 거예요. 지금 한 번 시험해 보세요. 구미호에게 특정한 행동을 명령해 보는 거예요. 말이 아닌 의지로."

의지라.

난 한 손을 내밀고, 그 위에 구미호의 앞발을 올려놓도록 명령했다.

이에 구미호가 앞발을 꿈틀거렸으나 들어 올리진 않았다.

"아직 제압당하지 않았어요."

"그럼 어떻게 해야 돼?"

"동물들을 길들이는 데 가장 좋은 방법이 뭔지 아세요?"

"음식을 주는 거 아니야?"

"맞아요."

"하지만 지금 나한테 있는 먹을거리가… 아!"

난 주머니에서 엘린이 주었던 사탕을 꺼냈다.

"이거라도 괜찮을까?"

"없는 것보단 훨씬 나아요. 사탕을 까서 입에 넣어주고 다시 명령해 보세요."

"알았어."

꿀꺽!

이거 마른침이 넘어간다.

지금 구미호와 나는 누가 이겨도 이상할 것이 없는 줄다리기를 하고 있다.

서로의 힘이 팽팽하게 맞섰다.

누구라도 아차! 하는 순간 지고 만다.

구미호는 필사적으로 내게 넘어오려 하지 않았고, 나는 구미호를 어떻게든 길들이려 하고 있다.

조심스레 사탕껍데기를 까서 구미호의 코에 가져갔다.

구미호가 킁킁거리며 냄새를 맡았다.

'자, 사탕을 먹어!'

녀석에게 의지를 전하자 구미호의 입이 살짝 벌어졌다.

그 안에다가 얼른 사탕을 집어넣었다.

구미호가 입을 닫았다.

하지만 사탕을 씹어 삼키진 않았다.

"잘 된 거야?"

"구미호가 거부하지 않았으니 반 이상 성공한 거예요. 이제 구미호의 머리를 천천히 쓰다듬어 주세요."

"응."

내 행동은 더없이 신중했다.

행여라도 구미호가 놀라거나 거부감을 가지지 않게 최대한 부드럽게 녀석의 머리를 쓰다듬었다.

다행히도 구미호는 내 손길을 거부하지 않았다.

내친김에 다른 손으로 턱까지 쓸어주었다.

구미호가 살짝 움찔했지만 큰 저항은 없었다.

"이제 다시 한 번 명령을 내려봐요."

프리린의 시키는 대로 좀 전에 내렸던 명령을 반복했다.

'구미호. 손!'

구미호의 가슴께에 손을 내밀었다.

녀석의 홍안이 내 손을 가만히 응시했다.

구미호가 앞발을 들썩였다.

손을 내밀까 말까 고민하는 모습이 역력했다.

난 그 시점에서 다시 한 번 명령했다.

'구미호, 손!'

그러자 구미호가 천천히 앞발을 들어 내 손 위에 올려놓았다.

"와아! 됐어요! 구미호가 유하님을 받아들였어요!"

"이제 어떻게 하지?"

"구미호의 이름을 지어주세요. 그것으로 주종의 맹약을 맺게 될 거예요."

구미호의 이름이라.

심각하게 생각할 것 있나? 얘는 장차 꼬리가 아홉 달린 완벽한 구미호가 될 테니까 이름은 당연히.

"구미호."

내가 이름을 지어주자 구미호의 몸이 하얀 연기로 변했다.

"어? 뭐, 뭐야?"

생각지도 못했던 현상에 당황하는 사이, 하연 연기는 내 손바닥으로 모두 흡수되었다.

그리고 손바닥엔 1이라는 숫자가 떠올랐다가 바로 사라졌다.

"프리린. 어떻게 된 거야?"

"축하드려요, 유하님! 구미호가 유하님과 주종의 맹약을 맺었어요. 유하님께서 첫 번째 소환수를 얻게 된 거라구요!"

"소환수?"

"조련술로 몸에 봉인한 동물을 소환수라고 불러요. 언제든 유하님이 원할 때 소환시킬 수 있는 소환수요!"

"어떻게 소환시키는 거지?"

"구미호가 소환되기를 바라면서 이름을 불러보세요."

"…구미호."

내 부름에 손바닥에서 하얀 안개가 뿜어져 나왔다.

그것은 한데 뭉치더니 곧 구미호로 변했다.

구미호는 그윽한 시선으로 날 바라보았다. 그것은 애완동물이 오래된 주인에게만 보낼 수 있는 그런 눈빛이었다.

그 눈빛이 너무 기분 좋아서 나도 모르게 구미호의 머리를 쓰다듬어 주었다.

구미호는 아무런 거부감 없이 내 손길을 받아들였다.

"구미호. 한번 높이 뛰어볼래?"

내 부탁에 구미호가 고개를 끄덕이더니 제자리에서 폴짝 뛰어올랐다.

그런데 그 높이가 무려 3미터는 족히 되었다.

상당히 높이 뛰었는데도 불구하고 구미호는 땅바닥에 사뿐히 착지했다.

"와아."

역시 영물이다 보니 점프의 스케일 자체가 달랐다.

그리고 보니 구미호는 요술 같은 걸 부린다던데.

"구미호. 너 특기가 뭐야?"

내 물음에 구미호가 고개를 하늘 높이 치켜들고서 입을 쩍 벌렸다.

구미호의 목울대가 울렁거리더니 입 밖으로 뜨거운 불기둥이 솟구쳤다.

화르륵~!

"끝내준다!"

구미호는 내 반응이 흡족한 듯, 함박웃음을 지었다.

물론 표정의 변화는 거의 없었지만 내 눈엔 적어도 그렇게 보였다.

"유하님. 이제 구미호를 다시 봉인해 보세요."

"방법은?"

"봉인이라고 말하세요."

"봉인."

구미호는 그 한 마디에 다시 하얀 안개가 되어 손바닥으로 스며들었다.

"와아, 조련술도 제법 괜찮구나."

"그쵸? 그런데 유하님은 타고난 실력도 실력이지만 운도 정말 좋은 것 같아요. 사령술을 익힐 땐 저승의 황태자 벨차크랑 계약하더니 소환술의 첫 스타트는 구미호네요?"

"그러게. 지금까지 불행하게 살아오느라 한 번도 사용 못했던 운이 이렇게 터지는 모양이야. 하하."

"너무 우쭐대지 마라. 벼는 익을수록 고개를 숙이는 법. 벌써부터 그렇게 들떠서 평정을 잃어버리면 크게 되지 못한다."

한창 기분 좋았는데, 록시가 재를 확 뿌렸다.

"알았어, 쩝."

하늘을 보니 어느새 보랏빛으로 물들어 있었다.

이제 한두 시간만 있으면 슬슬 땅거미가 밀려갈 듯했다.

"하아아암. 피곤하다. 얼른 가서 자야겠어."

"유하양~ 많이 피곤하징?"

아자린이 갑자기 콧소리를 내며 내게 팔짱을 꼈다.

"왜 이래 또."

"오늘밤에 꿈속에서 피로 확! 풀어줄깡?"

…난 결혼도 하지 않았건만, 어째서 퇴근 후 쉬고 싶은 남편의 기분을 느끼고 있는 걸까.

*　　　*　　　*

한참 푹 자고 일어나니 어머니는 이미 편의점으로 출근하신 이후였다.

거실엔 간소한 반찬이 놓인 상이 차려져 있었다.

밥이랑 국을 퍼서 식사를 하는 와중 가슴이 먹먹해졌다.

"하아."

입 밖으로 의도치 않은 한숨이 나왔다.

"왜 그래?"

내 맞은편에 앉아 상에 턱을 괴고 있던 아자린이 물었다.

"심란해서."

"뭐가 심란한데요?"

텔레비전에서 방영하는 애니메이션을 보던 프리린이 내게 다가왔다.

"어머니 고생하는 것 때문에. 뭔가 돈을 벌 방법이 필요한데 말야."

"벌면 되잖아. 이제 빙의 걱정도 없고 튼튼한 육신까지 얻었는데 뭐가 걱정이야?"

"내가 뭐 할 줄 아는 게 있어야지."

그에 아자린이 뇌쇄적인 미소를 지었다.

"바보네."

"바보라니?"

"너 정도면 쉽게 돈 벌 수 있는 방법이야 얼마든지 있잖아."

"그게 뭔데?"

"돈 많은 여자들 상대하는 곳."

"돈 많은 여자들… 호, 호스트 바?"

"그래. 한 달만 일해도 엄청나게 벌어들일걸?"

"아우, 됐어. 난 그런 거 싫어."

"이 청정수 같은 인간. 정말 더럽히고 싶어지잖아."

"사양할게. 일단 어머니의 아르바이트 자리부터 내가 대신해야겠어."

"바로 그 자세다. 작은 것부터 차근차근 해 나가면 길은 열린다."

"네네, 잘 알겠습니다, 록시 선생님."

밥을 다 먹고 나서 설거지를 끝내고 내 방에 들어왔다.

가부좌를 틀고 앉아 눈을 감은 뒤, 마나 사이펀을 했다.

마음이 편안해지고 머릿속이 맑아지면서 내 의식이 점점 깊은 곳으로 침잠해 들어갔다.

무아지경.

그 속에서 부유하는 동안 주변의 마나는 빠르게 내 안으로 흘러 들어왔다.

머릿속이 복잡할 땐 마나 사이펀만큼 좋은 것도 없었다.

시간의 흐름도, 공간의 지각도 잊어버린 채 난 점점 더 깊은 내면으로 빠져들었다.

* * *

"비루한 삶을 살아가느니 차라리 모든 것을 스스로 끝내시어 평안을 얻는 것이 더 낫지 않겠습니까?"

죽으라는 얘기였다.

눈앞의 낯선 남자… 아니, 아니다.

낯설지 않았다.

그는 내 곁에서, 내 아버지의 곁에서, 우리 가문의 곁에서 늘 우리를 보필해 오던 사람이었다.

얼굴에 자글자글한 주름 속에 세월의 흔적이 깊이 묻어나는 늙은이는 십수 년간 가슴 속에 품어왔던 야욕을 드러내며 가면을 벗어던졌다.

누구보다 믿을 수 있었던 자가, 세상에서 가장 위험한 적이 되었다.

어떻게… 어떻게 당신이… 우리에게 이럴 수 있지, 그란돌?

알페하룬 제국의 황실마법사이자 루시르 대륙 최고의 대마법사인 당신이, 만인의 입에 현자라 칭송받던 당신이… 어떻게 이럴 수 있지?

입안이 썼다.

그다음엔 비렸다.

참을 수 없는 분노와 두려움을 견뎌내기 위해 스스로 볼을 깨물었다.

그런다고 달라지는 건 없었다.

그저 무너져 내리던 내 정신이 그나마 또렷하게 살아났

을 뿐.

지금의 난 아무것도 할 수 없다.

내 아버지 바룬 알자임 황제 폐하는 강철의 황제라 불릴 만큼 강인한 분이었다.

하지만 그분도 세월 앞엔 장사 없는지 오 년 전부터 건강이 안 좋아지셨고, 이 년 전에 기어코 침상 신세를 지게 되었다.

그간 지극정성으로 아버지를 간호했으나 이제는 끝이 보이는 듯하다.

아버지가 눈을 감는 그 즉시 난 황제의 자리에 앉게 된다.

그러나 난 아무것도 익히고, 배운 것이 없다.

심지어 황궁에서의 예절조차 다 알지 못한다.

오만방자했고, 철이 없었으며 세상물정을 전혀 몰랐다.

아버지께서 쓰러졌을 때도 그다지 위기감을 느낄 수 없었다.

그냥 저러다 다시 일어나시겠지, 라고만 생각했다.

언제까지나 철없이 지내고, 내 마음대로 행동해도 계속해서 이 태평성대는 지속될 것이라 믿었다.

부모님이 그런 날 보며 답답해하셔도, 그냥 그러려니 하고 말았다.

하지만 언젠가부터 위기감이 찾아왔다.

황실에 가득 찬 이상한 기류는 뾰족한 송곳마냥 내 피부를 뚫고 들어와 가슴을 마구 두들겼다.

뭔가 잘못되어 가고 있다.

더 이상 난 안전한 입장에 있지 않다.

그러한 느낌이 하루 온종일 날 쉬지 않고 괴롭혔다.

황가를 대하는 귀족들의 태도도 알게 모르게 조금씩 달라져 갔다.

그들은 겉으로는 머리를 조아리나, 속으로는 고개를 빳빳이 든 채 황실을 능멸하고 있었다.

난 이러한 이상기류의 원인이 제국의 황실 마법사이자 대마법사의 칭호를 얻은 그란돌에게서부터 시작되었음을 뒤늦게 알았다.

그란돌은 아버지가 그 누구보다도 믿었던 측근이었다.

한데 그가 아버지의 뒤통수를 쳤다.

그토록 정정하시던 아버지의 건강이 서서히 나빠지더니, 갑자기 쓰러지게 된 원인도 그란돌이 아닐까 싶을 정도였다.

그러면 아버지가 모르게 음식에다 독을 탈 수도 있고, 나쁜 주술을 걸 수도 있기 때문이다.

귀족들은 이제 황실보다 그란돌에게 충성을 다하고 있었다.

그란돌은 점차적으로 황실의 권한을 자신이 쥐기 시작했다.

황실의 모든 중요인물이 그란돌의 측근으로 바뀌었다.

그란돌에게 이를 드러내는 귀족들은 황실에서 추방당한 뒤, 정체 모를 집단에게 습격받아 궤멸당했다.

'그래, 이런 것이었어. 이미 이십 년 전부터 그란돌은 황실을 지배하기 위해 움직였던 거야.'

"젠장… 젠장… 젠장… 젠자앙!"

울분에 차 악을 쓰는 순간 감았던 눈이 번쩍 뜨였다.

"하아! 하아!"

입 밖으로는 감정을 주체 못해 거친 숨이 흘러나왔다.

그런 날 귀신 셋이 놀란 눈으로 바라보고 있었다.

"유하님, 괜찮으세요?"

"프리린… 나, 이상한 걸 봤어."

"네? 이상한 거라니요?"

"말로는 잘 설명이 안 되는데… 누군가의 기억이랄까? 루시르 대륙에서 일어났던 사건의 편린 같은 걸 봤어."

그에 록시가 끼어들었다.

"마나 사이펀을 하던 와중 그런 걸 봤단 말이야?"

"응."

"어떤 내용이었지?"

"무능력한 황태자가… 그란돌의 압박에 못 이겨 스스로 목숨을 끊으려고 했어. 그는… 황실을 무너뜨리려 했던 원흉이 충신이라 믿었던 그란돌임을 뒤늦게 알게 되었어."

"……!"

"……!"

"……!"

내 말을 듣고 난 세 사람의 얼굴에 경악이 깃들었다.

"그란돌이라면 그 사람 맞지? 오하렌과 너희를 지구로 보냈던……."

"네가 그걸 봤다고?"

"응."

"어떻게 그런 일이 가능하지?"

"록시, 난 네 기억인 줄 알았는데? 마나에 대해 내게 전수해 주면서 슬쩍 끼어 들어왔던 기억이 이제야 내게 전해진 것이라고 생각했었어."

"아니… 그렇지 않아. 난, 아니, 우리는 네가 말했던 사건에 대해 정확히 알지 못해. 그저 그런 게 아닐까 하고 짐작만했을 뿐."

"맞아요. 그란돌님은 우리를 지구에 보낼 때 이렇게 약속했었어요. 5년 뒤에 루시르 대륙으로 돌아올 수 있는 차원의 문을 딱 한 번 열어줄 테니, 그전까지 오하렌 일당을 제거하라구요. 하지만 우리는 지구에 도착하는 순간 오하렌의 음모로 죽어버렸죠."

"그런데 5년이 지난 후에도 차원의 문 같은 건 열리지 않았어. 그란돌은 우리가 죽었는지 살았는지 알지 못해. 때문에 차원의 문을 약속대로 열었어야 했지. 그러한 상황을 유추해 봤을 때, 처음부터 그란돌은 우리를 타차원으로 보내 버린 뒤 귀환시킬 생각이 없었을 것이고, 그것은 곧 우리를 어떠한 목적으로 처치할 요량이었다는 가정을 세웠을 뿐이야."

"맞아. 하지만 가정일 뿐인지라 누구도 쉽게 입 밖으로 꺼내지 못했던 거지. 유하한테 이러한 얘기를 나중에 해주겠다고 한 뒤, 계속 미뤄왔던 것도 확실치 않아서 그랬던 거고."

프리린, 록시, 아자린이 차례대로 말을 늘어놓았다.

"그럼… 내가 봤던 그 기억은 대체 뭐야?"

잠시 좌중이 찬물을 끼얹은 듯 조용해졌다. 그러다 록시가 한 마디를 조심스레 꺼냈다.

"네 전생의 기억이 아닐까."

"뭐?"

짝!

프리린이 손뼉을 쳤다.

"맞아요! 다른 지구인들은 우리를 보지 못하는데 유하님은 우리를 볼 수 있었잖아요! 유하님이 전생에 루시르 대륙 사람이었고, 죽어서 지구에 환생한 거라면… 그렇다면 말이 돼요! 이미 유하님은 한 번 루시르 대륙의 사람이었으니까 우리를 볼 수 있었던 거예요!"

"뭐야? 그럼 유하가 전생에 알페하룬 제국의 황태자 라이

아스 알자임이었다는 거야?"

아자린이 저도 모르게 손톱을 질근 깨물었다.

그에 록시가 무서운 얼굴로 날 노려봤다.

"아무것도 하지 못했던 무용지물 황태자… 그게 너였다고?"

"잠깐! 난 모르는 얘기야. 그게 내 전생이라는 확실한 증거도 없잖아?"

"하지만 아니라고 하기에는 모든 상황이 너무 절묘하게 맞아 들어가는걸요?"

"프리린 말이 맞아. 내 날카로운 추리력은 유하가 라이아스 알자임이었다는 걸 증명해 주고 있어!"

"웃기시네! 여태까지 멍하니 있다가 다른 사람이 말하는 거 듣고 고개 끄덕인 주제에 할 소리야!"

아자린 저 녀석은 정말 화를 부르는 타입이다.

이런 상황에서도 진지함이라고는 찾아볼 수가 없다니까.

'아, 혼란스러워.'

뭐가 어떻게 돌아가는 건지 제대로 정리가 되려면 시간이 필요할 듯했다.

지금 당장 그들이 내 전생에 대해 확정지어 말한다고 한들 납득하기가 힘들다.

"유하."

"응?"

"앞으로 싱크로 드림에서의 훈련 강도를 높인다."

"지, 지금보다 더 높인다고?"

"또 한 번 무용지물이라는 소리를 듣고 싶은가!"

"……"

누군지도 모를 황태자에 대한 록시의 분노가 내게로 돌아왔다.

앞으로 정말 피곤해지겠네.

CHAPTER **09**
돈이 되는 재능

현대강림마스터

오후 두 시.

한동안 우리들 사이에서는 오가는 말이 없었다.

록시는 자기만의 생각에 빠져 있었고, 아자린은 귀신 주제에 소파에 축 늘어져 잠이 들었으며, 프리린은 애니메이션을 보면서 입을 헤벌리고 있었다.

아마 각자의 방식대로 복잡한 머리를 비우는 중일 것이다.

그래서 난 나대로 생각의 전환을 위해 노력했다.

"구미호."

내 부름에 손바닥에서 뿜어져 나온 하얀 연기가 구미호로 변했다.

구미호는 날 바라보며 꼬리를 느릿느릿 좌우로 움직였다.

그게 뭘 말하는지 모르겠으나 아무튼 기분은 좋아 보였다.

한데 막상 구미호를 불러내고 나니 뭘 해야 할지 모르겠다. 그때 애니메이션에서 시선을 뗀 프리린이 좋은 정보를 알려주었다.

"유하님. 소환수들은 자주 불러내서 함께할수록 유대감이 점점 깊어져요. 유대감이 깊어진다는 건 유하님의 명령을 더 확실히 이해할 수 있는 건 물론이고 충성심도 높아진다는 얘기에요. 그러니까 지금처럼 여유있을 때마다 소환수와 시간을 보내는 게 좋아요."

"그렇구나."

난 구미호의 머리를 쓱쓱 쓰다듬어 주었다.

구미호가 기분 좋게 눈을 감았다.

"혹시 네가 텔레비전에 나가면 돈이 될까?"

예전에도 그랬고 지금도 평균치 이상으로 똑똑한 동물들은 주인에게 돈을 벌어다 준다.

희귀한 동물들도 방송 출연이 잦아 제법 돈벌이가 된다.

한데 희귀한 걸로 치면 우리 구미호를 따라올 동물이 없었다.

하지만, 구미호는 희귀해도 너무 희귀해서 방송을 타는 순간 세상이 발칵 뒤집어질 것이다.

여기저기서 연구를 위해 구미호를 넘겨달라고 난리가 나

겠지.

아니, 워낙 돈 있는 놈들이 깡패 같아서 수단방법 가리지 않고 구미호를 강제로 빼앗아갈지도 모른다.

"하아, 구미호. 돈 벌 만한 좋은 방법 없을까?"

내가 푸념처럼 말하자 구미호가 갑자기 크게 울부짖었다.

"웡웡웡웡~!"

그러더니 날 똑바로 바라보며 말을 건넸다.

─돈 버는 거 어렵지 않아요.

"으악!"

너무 놀라서 뒤로 나자빠질 뻔했다.

"바, 방금 말했어?"

그러자 프리린이 고개를 저었다.

"말을 한 게 아니라 유하님의 머릿속에 의지를 전한 거예요. 소환수와 테이머의 사이가 돈독해지면 그런 식으로 의지를 주고받을 수 있게 돼요."

"와, 그렇구나. 진짜 신기하다. 그런데, 구미호. 돈을 버는 게 쉽다고?"

─네.

"어떻게 버는데?"

─집 문을 열고 십 분만 여기서 기다리세요.

"응."

난 시키는 대로 현관문을 열어주었다.

그러자 구미호가 제자리에서 폴짝 뛰어 재주를 넘었다.

순간, 구미호의 모습이 갑자기 사라졌다.

"구미호? 어디 갔어?"

—제 몸을 투명화시키는 요술이에요.

"와, 그런 것도 가능해?"

—잠시 나갔다 올게요.

타다닥! 하고 구미호가 달려나가는 소리가 들렸다.

그리고 정확히 십 분 정도가 지났을 때, 다시 발소리가 들려오더니 내 앞에 구미호가 모습을 드러냈다.

한데 녀석의 입에는 내 엄지손가락 굵기만 하고 손바닥 길이만 한 식물의 뿌리 같은 게 세 개나 물려 있었다.

구미호가 그것을 내 앞에 뱉어놓았다.

"이게 뭐야?"

난 도통 그게 무언지 모르겠는데 자고 있던 아자린이 코를 킁킁거리더니 벌떡 일어나 냅다 다가왔다.

"이, 이거! 산삼이잖아!"

"산삼?"

아자린은 산삼을 주의 깊게 살피면서 마치 전문 심마니처럼 말을 이어 나갔다.

"이건 지종급 산삼이야!"

"지종급이라니?"

"자연산이라고. 종자도 좋고, 약통이랑 주근도 훌륭해. 대략 사십 년 정도 되어 보이는데? 이런 걸로 세 뿌리면 족히 칠팔백만 원은 받겠어!"

"치, 칠팔백?!"

"응."

우리 어머니가 편의점에서 한 달 뼈 빠지게 일해봐야 들어오는 돈이 백이 조금 넘는다.

그런데 구미호는 단 십 분만에 칠백이 넘는 돈을 벌어왔다.

지금 내 눈에 비친 구미호는 날 저 깊은 암흑 속에서 빛으로 이끌어준 은인처럼 보였다.

"구미호! 정말 잘했어!"

구미호를 품에 꽉 껴안고서 얼굴을 마구 비볐다.

─도움이 되었다니 기뻐요.

머릿속에서 구미호의 진심이 담긴 의지가 전해졌다.

"그런데 아자린은 산삼에 대해서 어찌 그리 잘 알아?"

아자린은 간단히 대답했다.

"정력에 좋은 것들은 빠삭하게 알고 있어."

"…그래, 너답다. 아무튼 구미호, 고마워 진짜. 네 덕분에 한숨 돌릴 수 있을 것 같아."

─어려운 일도 아니네요. 여우산에 묻혀 있는 산삼의 위치는 이미 전부 꿰고 있으니까요.

"그럼 더 많은 산삼이 그 산에 존재하는 거야?"

―네. 당장은 급해 보여서 그것만 뽑아 왔지만, 나중에 더 가져다 드릴게요.

"그래주면 땡큐지! 구미호, 뭐 먹고 싶은 거 없어?"

―인간의 간이 먹고 싶긴 하지만…….

"가, 간?"

―전 구미호니까요. 간을 먹어야 사람의 기운을 흡수해 나중에는 진짜 사람이 될 수 있거든요. 하지만 지금은 그런 욕심이 많이 사라졌어요. 굳이 간을 먹지 않아도 주인님의 스피릿 파워로 성장할 테니까요.

"정말? 그럼 나중엔 너도 사람이 되는 거야?"

―그것까진 잘 모르겠어요. 하지만 완벽한 구미호가 될 수는 있을 거예요.

"그렇구나. 간 대신 네 입에 맞을 만한 음식들을 찾아볼게."

―네. 저는 배가 자주 고픈 편이 아니니까 귀찮지 않으실 거예요.

"귀찮기는! 전혀 그렇지 않아. 오늘 정말 고마웠어. 이제 그만 돌아가서 쉬어."

―그럴게요.

"봉인."

구미호가 하얀 연기로 변해 손바닥으로 흡수되었다.

난 나보다 더한 감동에 찬 듯한 프리린에게 고마움을 표했다.

"프리린, 네 덕분에 위기를 모면하게 됐어."

"네? 전 별로 한 게 없는데요."

"너한테 조련술을 배우지 않았다면 구미호랑 주종의 맹약도 맺지 못했을 테니까. 네 덕이 커."

"그, 그렇게 말씀해 주시니까 감사하기도 하고 부끄럽기도 하고 그렇네요. 에헤헤."

프리린이 뺨을 검지로 긁적였다.

난 그런 프리린의 머리를 쓰다듬어 주었다.

"고마워, 프리린."

"아……."

프리린이 입을 멍하니 벌렸다가 후다닥 뒤로 물러났다.

왜 저러는 거지? 저번에는 쓰다듬어도 가만히 있더니.

어찌 되었든 이제 돈 마련할 구멍이 생겼으니 빨리 사채업자들한테 진 빚부터 갚아야겠다.

"산삼 팔러 나가자!"

그런데… 이거 어디다 팔아야 하는 거야?

고민을 하고 있는데, 스마트폰에 낯선 번호로 전화가 왔다.

"누구지?"

통화 버튼을 슬라이드했다.

"여보세요."

—누구세요?

뭐야?

자기가 전화 걸어 놓고서 다짜고짜 누구냐니.

"설유하라고 합니다만. 그쪽은 누구신데요?"

—아, 이름이 설유하예요?

"누구시냐구요."

—나, 하로제예요.

하로제? 아, 그 잘나간다는 배우?

"죄송한데, 댁과 복잡하게 엮이기 싫으니 이만 끊겠습니다."

—잠깐만!

"왜요?"

—콧대 그만 세우고 얼굴 한 번만 보죠?

"저 바빠요."

—나보다 바쁠 것 같지는 않은데요?

"아니, 잘나간다는 분이 대체 뭐가 아쉬워서 자꾸 저한테 집착하시는 겁니까?"

—집착하게 만들잖아요, 그쪽이!

"내가 뭘 어쨌길래요!"

—아무튼 나도 시간 오래 낼 수 없으니까 밥 한 끼 때운다 생각하고 만나요.

"바쁘다니까요."

—뭐가 그렇게 바쁜데요?

"산삼 팔아야 돼요.

—…네?

"산삼 팔아야 한다구요.

—풋!

이 여자가 지금 나 비웃는 거 맞지?

갑자기 약이 올랐다. 그 때문에 내 입에서 나오는 말이 더욱 퉁명스러워졌다.

"뭐가 웃깁니까?"

—아하하하! 웃기잖아요. 내 나이 또래면서 산삼을 판다는 게. 심마니예요?

"그런 건 아니고… 아무튼 그럴 일이 생겼어요."

—그럼 제가 제안 하나 할게요. 그 산삼 내가 사줄 테니까 얼굴 볼래요?

"이게 얼마나 하는 줄 알아요? 지종급에다가 사십 년 묵은 게 자그마치 세 뿌립니다. 팔백만 원은 족히 받아야 한다구요."

—유하 씨. 제가 씨에프 한 편 찍으면 얼마 받는지 알아요?

"그걸 어떻게 압니까."

—그깟 사십 년짜리 산삼 백 뿌리도 사줄 수 있으니까 가지고 나오기나 해요.

"정말 살 거예요? 두 말 하기 없습니다."

—돈 몇 푼이나 한다고 그런 걸로 거짓말을 해요! 퀄리티

떨어지게. 집이 어디에요?

"사농동이요."

―그럼 인형극장 앞에 나와 있어요. 정문으로 검은색 밴이 정차하면 얼른 올라타세요.

"지금 나가라구요?"

―네. 금방 가요.

"근데 인형극장도 아시고, 춘천사람인가 봐요?

―고등학교까지 춘천에서 나왔어요. 그럼 끊어요.

로제가 전화를 끊었다.

난 산삼을 신문지에 둘둘 싸서 품안에 갈무리하고 집을 나섰다.

＊　　　＊　　　＊

인형극장 정문 앞에서 5분 정도 기다렸다.

그러자 저 멀리서 밴 한 대가 다가왔다.

밴의 문이 열리자마자 얼른 안에 올라탔다.

내가 들어서니 가장 먼저 날 반긴 건 사람 정신 몽롱하게 만들 만큼 아찔한 향기였다.

무슨 향인지는 잘 모르겠지만, 남자의 관심을 끌기에 충분한 그런 향이었다.

그 향은 날 물끄러미 바라보고 있는 로제의 육신에서 풍겨

지고 있었다.

"좋은 향수 쓰나 봐요."

"흥. 그래도 코는 제대로 달렸나 보죠?"

밴이 다시 출발했다.

매니저로 보이는 사람은 운전석에서 아무런 말도 없이 차만 몰았다.

내 위치에선 매니저의 옆모습이 얼핏 보였는데, 선이 굵고 뚜렷하게 각이 진, 전형적인 상남자의 얼굴이었다.

게다가 덩치도 제법인 것 같았다.

룸미러로 살짝 보이는 그의 미간엔 굵은 세로줄이 잡혀 있었다.

항상 저렇게 인상 쓰고 다니나?

내가 엉뚱한 생각을 하고 있자니 로제가 불쑥 물었다.

"물건은?"

그에 아자린이 천인공노할 대답을 내놓았다.

"유하의 물건은 엄청나지. 샤워할 때 훔쳐보고 어찌나 놀랐는지."

"야!"

"엄마야!"

난 아자린에게 소리친 것인데 로제가 놀라서 비명을 질렀다.

그에 룸미러에 비친 매니저의 인상이 더욱 진해졌다.

"아, 아니요, 그쪽한테 소리친 게 아니라."

"나한테 소리친 게 아니면? 매니저한테 소리친 거니?"

"쿠쿠쿡!"

아자린이 신나서 키득거렸다.

하아, 록시, 프리린. 제발 아자린 좀 막아줘.

난 말문이 막혀서 뭐라고 변명하는 대신 신문지에 싸놓았던 산삼 세 뿌리를 건넸다.

로제는 내용물을 확인하지도 않고서 지갑을 열더니 백만 원짜리 수표 여덟 장을 꺼내서 내밀었다.

"자, 팔백."

"이렇게 막 줘도 돼? 신문지 안에 아무것도 없으면?"

"그렇게 잔머리 굴릴 사람으로는 안 보이는데?"

"…사람 잘 봤어."

난 수표를 받아 얼른 주머니 속에다 넣었다.

겉으로는 내색하려 하지 않았지만 사실 속에서는 심장이 벌렁거리며 뛰었다.

내가 이토록 큰돈을 손에 쥐게 될 줄은 꿈에도 몰랐다.

"긴장 풀어라, 유하. 이제 시작일 뿐이다. 넌 더욱 포부가 커져야 한다. 로제가 팔백을 푼돈이라고 말하는 것보다 훨씬 더 큰손이 되어야 한다. 그 정도 그릇이 되어 태산도 우습게 볼 기백을 품지 못한다면, 오하렌을 이길 수 없다."

록시가 내 어깨에 손을 올리고서 말했다.

후우. 알았어; 록시.

"이제 나한테 식사 한 끼 할 정도의 시간은 내어줄 수 있지?"

"응."

"어제도 말했지만 난 네가 충분히 스타성이 있다고 봐."

"어제도 말했지만 난 연예계 쪽에 전혀 관심이 없어. 근데 우리 언제부터 말 놓고 있었던 거야?"

"네가 소리 질렀을 때부터. 너 몇 살이야?"

"스물둘."

"됐네. 어차피 동갑인데 뭘 신경 써."

"아무튼 그쪽 바닥에 관심 없어."

"흐음, 좋아. 그럼 나랑 기념사진이나 한 장 박고 가."

"사진은 왜?"

"너무하네. 두말없이 산삼 사준 사람한테 계속 박하게 대하기야?"

듣고 보니 그것도 그랬다.

따지고 보면 로제는 지금 나한테 해코지를 하려는 게 아니라 어떻게든 도움이 되어주려 하고 있었다.

그런데 괜히 혼자서 날을 세우고 있었던 것 같았다.

미안한 마음이 들어 고개를 끄덕이니 그녀가 자기 옆자리를 손을 탁탁 쳤다.

"일루 와."

로제의 옆자리로 가서 앉으니 그녀가 내 어깨에 팔을 두르고서 뺨을 내 뺨에 붙였다.

"자~ 웃어! 위스키~!"

로제는 스마트폰을 꺼내 나름 포즈를 취하고서는 사진을 찍었다.

찰칵!

"어디 잘나왔나 볼……."

사진을 확인하던 로제가 그대로 굳었다.

그녀는 한참 동안 액정을 바라보다 겨우 말을 이었다.

"대박. 너 사진발 장난 아니다."

"그래?"

뭐 태어나서 사진을 찍어본 적이 있어야 말이지.

"와, 더 욕심 생기네? 브라운관 타면 어떻게 나오나 정말 궁금해졌어."

"미안한데 좀 봐주라. 나 편하게 살고 싶다."

"흠… 그래. 아쉽지만 어쩔 수 없지. 본인이 그렇게 싫다는데. 매니저!"

로제의 부름에 매니저는 도로변에다 차를 세웠다.

"잘 가. 가끔 연락할게. 그건 괜찮지?"

"연락 정도야, 뭐."

"그리고 너 말야. 텔레비전 좀 보고 살아! 너무 문화생활 안 하는 거 아니니? 어떻게 처음부터 지금까지 날 보고 눈썹 하나 깜짝 안 할 수가 있어?"

"내 라이프 스타일이 원래 좀 그래. 같게."

밴에서 내리니, 매니저는 지체없이 차를 몰아 떠나갔다.

지이이이잉.

집으로 돌아가려는데 스마트폰에서 진동이 왔다.

문자를 보낸 사람은 로제였다.

문자의 내용은,

―내 연락 무시하면 죽어!

지극히 로제다웠다.

*   *   *

난 집으로 향하던 발걸음을 은행으로 돌렸다.

그리고 로제에게 받았던 팔백 중에서 사백오십은 통장을 하나 만들어 저금했다.

이후 현금 삼백오십 중 오십은 내 지갑에 넣고, 나머지 삼백은 돈 봉투에 넣어 품안에 잘 챙겼다.

택시를 잡아타고서 얼마 전 꺽다리가 우리 집에 와 행패를 놓으면서 던져 주었던 명함을 꺼냈다.

명함엔 천하대부라고 적혀 있었다.

그리고 밑에 꺽다리 이름과 핸드폰 번호, 대부업체의 주소가 보였다.

"기사님. 조양동 대양빌딩으로 가주세요."

"네~"

택시가 목적지로 향하는 동안 록시가 내게 물었다.

"돈을 갚을 셈인가?"

하지만 대답을 할 수가 없었다.

여기서 혼잣말을 해버리면 미친놈으로 오해받기 십상이다.

그러자 록시가 다시 말했다.

"머릿속으로 생각만 해도 우리한테는 네 의지가 전해진다."

―아, 그래?

"그래. 텔레파시와 비슷하고 보면 돼."

―이거 편하네. 아무튼 돈 갚을 거야.

"그런 쓰레기들한테도 최선을 다하는 것이냐?"

―말도 안 되게 불어난 이자는 터무니없지만, 빌린 돈은 확실히 갚아야지. 안 그러면 내가 찜찜해서 싫어.

"그렇군. 알았다."

＊　　　＊　　　＊

대양빌딩은 지은 지 제법 되어 보이는 삼 층짜리 건물이었다.

천하대부는 사무실은 빌딩 꼭대기, 삼 층에 있었다.

입구로 들어서서 계단을 밟아 삼 층에 도착했다.

로비에 달랑 하나만 달린 문을 열고 안으로 들어갔다.

그러자 제멋대로 퍼질러져 있던 건달들이 일제히 날 바라보았다.

그들 중 반은 벌떡 일어서서 각을 잡았고, 나머지 반은 화들짝 놀라 어쩔 줄 몰라 했다.

난 녀석들을 무시하고서 소파에 앉아 담배를 피고 있는 꺽다리 '이조한'에게 다가갔다.

이조한은 얼른 담배를 재떨이에 비벼 끄고 몸을 일으켰다.

그의 눈 속엔 공포가 자리하고 있었지만, 제 부하들 앞이라 티를 안 내려 하는 모습이 역력했다.

"허허, 설 사장님이 진짜로 오셨네? 나는 그냥 하는 말인 줄 알고 이삼 일 있다가 편의점 한번 쳐들어갈라 했더만?"

이 개자식이 끝까지 센 척이다.

이런 놈들은 약하게 나가면 더더욱 기가 살아서 방방 뛴다.

세게 나가야 함부로 설치지를 못한다.

이미 한 번 내게 쪽을 팔렸던 녀석들이다. 그래서 그런지 놈들이 아무리 건달이라 해도 이제는 무섭지가 않았다.

"유들거리지마, 미친 새끼야."

이조한의 콧잔등이 씰룩였다.

"설 사장님 그새 입이 많이 거칠어지셨네. 그때 우리한테 뭔 장난을 친 건지는 모르겠지만, 한 번 사람 놀래켰다고 발발 길 거라 생각했으면 큰 오산인데?"

"너도 그때의 나랑 지금의 날 똑같이 생각하면 모가지 부러진다."

"허허허, 말발 조지는 건 거의 뭐 조폭감이네? 그래서, 왜 찾아왔는데?"

이조한이 먼저 한발을 뺐다.

역시 당당한 척하고 있어도 속으로는 후달리는 거다.

난 속에서 돈 봉투를 꺼내 이조한의 앞에 있는 테이블에 툭 던졌다.

이조한이 돈 봉투를 열어보더니 씩 웃었다.

"삼백? 그것도 현찰로?"

"수표로 세 장이었는데 은행 가서 일부러 바꿔왔다. 고맙지?"

"고마워서 눈물 나겠네, 시팔."

"내가 너희한테 빌린 돈, 다 갚았다. 이제 두 번 다시 우리 가족 괴롭히지 마라."

그대로 돌아서서 가려 했는데, 이조한이 내 어깨를 붙잡아 돌렸다.

"잠깐."

"뭐야?"

"이러면 계산이 안 되지. 삼백은 원금이고, 그동안 눈덩이처럼 불어난 이자가 칠백인데? 그건 어떻게 하고?"

"내가 말했지. 삼백만 갚겠다고."

"원금만 받아먹으려면 우리가 뭐하러 돈장사 합니까? 무슨 자선사업가도 아니고 말야."

그렇게 나올 줄 알았다.

나는 지갑에서 삼십만 원을 더 꺼내 이조한의 얼굴에 던졌다.

돈다발이 이조한의 뺨을 후리고서 바닥에 후두둑 떨어졌다.

"이자 십 프로, 삼십이다. 그동안 어머니한테 뜯어간 이자만 해도 상당한 거 뻔히 아는데 어디서 그따위로 혀를 놀려? 상거지 같은 새끼들. 처먹고 떨어져."

이조한을 비롯한 사무실 내의 건달 십여 명이 분노로 얼굴을 파들파들 떨었다.

사실 지금 내뱉는 말의 칠십 퍼센트 이상은 아자린이 중얼거리는 걸 따라하는 중이었다.

내가 근래 성격이 좀 괴팍해졌다고는 해도, 한순간에 이토록 확 변할 수는 없었다.

아자린은 내가 세게 나가려 한다는 것을 알고 옆에서 온갖 사람 약 올리는 멘트와 욕을 적절히 섞어 내뱉는 중이었다.

그런데 막상 그 말을 따라해 보니 의외로 입에 착착 붙었다.

더불어 전에는 느끼지 못했던 묘한 해방감 같은 것도 있었다.

그런 내 심장과 반대로 이조한은 완전히 눈이 돌아가 버렸다.

"이 어린노무 새끼가! 어디서 요상한 짓거리로 한번 재미 봤다고 우리를 개똥으로 알아!"

이조한이 내게 주먹을 휘둘렀다.

하지만 우습지도 않았다.

난 오러가 어린 웅치의 주먹도 맞아봤다.

이조한의 주먹을 피하지 않았다.

퍽!

녀석의 주먹이 내 얼굴에 정통으로 틀어박혔다.

그러나 아무런 타격이 없었다. 찰나의 순간 오러를 일으켜 뺨을 감싸 방어했기 때문이다.

난 뺨이 구겨진 채로 씩 웃었다.

그러자 이조한의 눈이 휘둥그레졌다.

"먼저 쳤지? 그럼 너도 맞아야 공평하잖아!"

바람처럼 날아간 내 주먹이 이조한의 명치를 가격했다.

뻐억!

"컥!"

숨 막히는 소리와 함께 이조한이 명치를 움켜쥐고서 허리를 접었다.

녀석의 두 다리가 후들거렸다.

난 오른발을 높이 들어 올려 이조한의 등을 그대로 내려찍었다.

꽈앙!

"우억!"

이조한이 충격을 버티지 못해 앞으로 고꾸라졌다.

퍽!

그대로 얼굴을 대리석 바닥에 들이박은 이조한.

"으어어어……."

괴로움에 나뒹구는 녀석의 입에서 붉은 피와 함께 앞니 두 대가 튀어나왔다.

"혀, 형님!"

"저 개새끼가!"

그제야 정신줄 놓고 있던 다른 건달들이 주먹을 말아 쥐고 달려들었다.

내 뒤에서 록시의 콧방귀 소리가 들려왔다.

CHAPTER **10**
빚 청산

빠박!

주먹이 번개처럼 휘둘러졌다.

내게 선두로 달려들던 건달 두 놈이 사이좋게 코뼈가 주저

앉았다.

피를 줄줄 흘리며 비틀대는 녀석들의 복부에다 다시 한 번

주먹을 박아 넣었다.

퍼퍽!

"크엑!"

"킥!"

두 녀석은 힘없이 쓰러져 기절했다.

"이 상노무 새끼야!"

옆에서 가장 덩치 좋은 건달 하나가 철제 의자를 들고 내려치려 했다.

쾅!

난 왼발을 축으로 빙글 돌면서 오른발 뒤꿈치로 건달의 턱을 후렸다.

퍽!

"커억!"

건달은 의자를 놓치고서 옆으로 자빠졌다.

그사이 또 다른 녀석 둘이 캐비닛에서 쇠파이프를 꺼내 들고 덤벼들었다.

하지만 무기를 든다고 한들 달라지는 건 아무것도 없었다.

싱크로 드림으로 꿈속에서 삼십 일 정도 록시에게 배웠던 투술은 건달들의 협공을 애들 장난처럼 만들어 버렸다.

휘잉—! 횡—!

쇠파이프가 바람을 가르며 휘둘러졌다.

양쪽 측면에서 약간의 시간차를 두고 다가오는 쇠파이프를 뒤로 한발 물러나 피했다.

그러면서 오른발을 뒤로 쭉 뻗었다.

딴에는 완벽하게 후미를 노렸다고 생각했는지 호기롭게 회칼을 휘두르던 건달이 내 발에 고환을 얻어맞고 데굴데굴 굴렀다.

"아악! 아아악!"

난 다시 앞으로 박차고 나가 쇠파이프를 든 건달 두 놈의 목울대를 손날로 가격했다.

타탁!

"컥!"

"큽!"

두 놈은 쇠파이프를 놓치고서 그대로 쓰러졌다.

이제 멀쩡히 두 발 딛고 서 있는 건달은 다섯.

하나같이 손에 회칼이나 쇠파이프를 들고 있었다. 하지만 섣불리 내게 덤벼들지 못하고서 눈치만 살폈다.

"웨이크 업."

내가 웨이크 업 마법을 시전하자 기절했던 녀석들이 모두 눈을 떴다.

"크허어."

"내, 내 터억……."

"아야야! 아야!"

여기저기서 곡소리가 울려 퍼졌다.

"끄으으……."

이조한도 정신을 차리고 날 노려보았다.

"이조한. 내가 요상한 짓거리로 널 농락했었다고? 그럼 한 번 더 당해봐라."

사무실엔 감시 카메라 같은 건 존재치 않았다.

난 사무실 문을 걸어 잠근 다음, 마나를 소울 파워로 치환시켰다.

"스켈레톤!"

내 부름에 스켈레톤 다섯이 검은 안개와 함께 나타났다.

"으악! 또, 또 나왔다!"

"컥! 저, 저게 뭐야!"

"귀신이다! 귀신이야!"

스켈레톤에게 한 번 당한 적이 있던 건달들은 사색이 되었고, 처음 본 건달들도 화들짝 놀라 다리를 후들거렸다.

"저놈들 다 죽기 직전까지 두들겨 패!"

스켈레톤들은 내 명령을 충실히 시행했다.

퍼퍼퍼퍼퍽!

오뉴월에 개 패는 소리가 사무실 안을 가득 매웠다.

"아아악!"

"사, 살려주세요!"

"잘못했습니다! 제, 제발 목숨만은! 끄아악!"

건달들은 스켈레톤 군단 앞에서 힘 한 번 써보지 못하고 무참히 무너져 내렸다.

*　　　*　　　*

이조한을 비롯한 열 명의 건달은 모두 사무실 바닥에 무릎을 꿇고 있었다.

난 그 앞에 서서 녀석들을 내려다봤다.

감히 어느 한 놈도 나와 눈을 마주치지 못했다.

"이조한."

"네, 네!"

내 부름에 이조한이 바로 대답했다. 그것도 존댓말로.

"내가 더 갚을 돈이 남았어?"

"아, 아닙니다! 어, 없습니다!"

이조한의 얼굴은 부어터지고 멍이 들어 도저히 알아보기
가 힘들 정도였다.

내가 녀석에게 뿌렸던 삼십만 원이 바닥에 엉망으로 널려
있었다.

"돈 주워."

"네!"

이조한이 얼른 바닥에 떨어진 돈을 주워 모았다.

"내놔."

"…네?"

"싫어? 싫으면 좀 더 맞던가."

"아, 아닙니다! 여기 있습니다!"

이조한이 얼른 삼십만 원을 내게 내밀었다.

그것을 건네 받아 품속에 갈무리한 뒤, 이조한의 가슴을 발
로 밀어찼다.

퍽!

"크엑!"

뒤로 한 바퀴 뒹굴 구른 이조한이 얼른 일어나 다시 무릎을 꿇었다.

"아직도 내가 만만해 보여?"

"아닙니다……."

"저번에도 말했지만 오늘 벌어진 일, 어디 가서 얘기하고 싶으면 해봐. 너희만 미친놈 취급 당할 거라는 거 잘 알지?"

"…네."

"사실대로 말해줄까? 세상엔 나 같은 사람들이 제법 있어."

"그게 무슨……?"

"귀신을 부리는 사람들 말이야."

꿀꺽!

내 말에 건달들이 일제히 마른침을 삼켰다.

난 사령술을 주변으로 퍼뜨렸다.

그리고 근방에 있는 원혼이 있나 찾아보았다.

운 좋게도 지박령 하나가 빌딩 옥상에서 떠나지 못하고 있다가 내게 걸려들었다.

한 장소에서 죽은 영혼이 승천하지 못하고 계속 그 자리에 머무는 경우가 있는데, 이를 지박령이라고 한다.

'내게로 와라.'

내 명령에 지박령은 순순히 사무실 안으로 들어왔다.

지박령은 팔다리가 부러지고 얼굴엔 피칠갑을 한 비참한 몰골로 흐느껴 울고 있었다.

그러면서 입으로는 계속 사채업자들을 저주하는 말을 내뱉었다.

아마도 이 녀석들에게 시달리다가 옥상에서 맞아 죽어버린 모양이다.

난 지박령에게 물었다.

"이름이 뭐야?"

지박령이 대답했다.

"서… 지… 원. 흐으으윽."

"서지원."

서지원이라는 이름이 나오자 건달들이 화들짝 놀랐다.

녀석들은 내가 스켈레톤을 소환했을 때보다 더 질겁해서는 어쩔 줄을 몰라했다.

"그래, 저 녀석들한테 맞아 죽었다고? 옥상에서? 밧줄에 묶여가지고, 쇠파이프로 구타당하다가, 그래… 머리를 잘못 맞아서 죽었구나."

"커헉! 아, 아니야. 마, 말도 안 돼!"

이조한이 경기를 일으키듯 몸을 파르르 떨었다.

난 이조한의 몸 안으로 서지원의 영혼을 빙의시켰다.

그러자 이조한이 팔다리를 기이하게 뒤틀며 역겨운 신음

을 토해냈다.

"키이익! 키이이이이! 크에엑!"

이조한의 눈동자가 뒤집어졌다.

입에서는 게거품이 올라왔다.

한참 동안 몸을 꽈배기처럼 꼬아대던 이조한이 갑자기 바닥에 납작 웅크려서 펑펑 울기 시작했다.

"흐어어어엉! 흐어어어어엉! 그만 때려! 그만 때려, 씨팔! 돈 줄게! 돈 줄게에에! 으허어어어엉!"

그 모습을 지켜보던 건달 중 둘이 기절했고, 한 놈은 오줌을 지렸다.

나머지 일곱은 까무러치기 일보 직전의 얼굴로 몸을 덜덜 떨어댔다.

난 이조한의 몸에 빙의한 지박령을 끌어냈다.

그리고 소울 파워를 손에 담아 천천히 어루만져 주었다.

"그만 승천하거라."

지박령은 한결 편안해진 표정으로 고개를 끄덕이고서는 하늘 높이 올라갔다.

"그르륵. 그르르르륵."

이조한은 게거품을 문 채 졸도하고 말았다.

건달들이 그런 이조한을 두려움 가득한 눈으로 바라보았다.

누구 하나 선뜻 다가가서 이조한을 수습할 생각은 못하고 있었다.

쾅!

내가 발을 굴렀다.

건달들이 깜짝 놀라 내게 주목했다.

"오늘이 너희랑 내가 마지막으로 얼굴 보는 날이었으면 한다. 만약, 다시 한 번 찾아와서 설레발 치면 전부 다 저 꼴 날 줄 알아라."

난 검지로 이조한을 가리켰다.

건달들은 누가 먼저랄 것도 없이 일제히 고개를 끄덕였다.

"아, 그리고. 장부 가져와."

난 당연히 이놈들이 장부를 갖다 바칠 거라 생각했는데 아무도 움직이지 않았다.

"뭐야? 덜 혼났어?"

그러자 건달 한 놈이 황급히 입을 열었다.

"그, 그게 아니라 아무도 금고 비밀번호를 모릅니다."

"금고 어디 있는데?"

"저, 저기 사장님 책상 밑에……."

"사장님은 얼어죽을. 건달 우두머리지."

이조한의 사무실 책상으로 다가가 철제 금고를 꺼냈다.

그리고 주먹에 오러를 싫어 있는 힘껏 문을 때렸다.

콰앙!

시끄러운 소리와 함께 금고의 문짝이 찌그러졌다.

'윽.'

이번엔 내 주먹도 제법 아팠다.

하지만 티를 내지 않고 문짝을 뜯어낸 다음, 안에 있던 장부를 꺼냈다.

그리고.

"파이어."

1서클 화염 마법으로 그 자리에서 태워 버렸다.

건달들은 갑자기 장부가 타오르자 혼비백산했다.

장부가 타는 동안 난 사무실에 있던 컴퓨터 본체를 전부 박살 냈다.

혹시라도 컴퓨터에 장부 파일이 저장되어 있을지도 모르기 때문이다.

거기까지 한 다음에야 비로소 잠겼던 사무실 문을 열었다.

"나 간다. 고소하고 싶으면 해. 그런데 이건 알아둬. 내가 깜빵 간다고 못 나올 것 같아? 나와. 그리고 너희는 다 죽어."

건달들에겐 지금 내 말이 결코 협박으로 들리지 않을 것이다.

그들의 눈으로 이미 사람의 한계를 초월한 내 실력을 보았기 때문이다.

"전부 고개 숙여."

건달들의 모가지가 일제히 내려갔다.

난 녀석들을 뒤로하고 사무실을 나왔다.

＊　　＊　　＊

"꺅~! 유하 멋있어!"

아자린이 내 옆에 찰싹 달라붙어 호들갑을 떨었다.

"왜 이래?"

"우리 유하 갈수록 터프해지네?"

"록시의 지옥훈련이 성과를 발휘한다고 해둘게."

"아직 멀었다. 혼을 내주려면 더 확실하게 해야 돼. 다음부터는 너랑 눈만 마주쳐도 경기를 일으킬 정도로. 적어도 팔다리 하나 정도는 잘라 버리는 게 좋아."

"…록시. 여기 지구야. 게다가 한국이라고. 그렇게까지 했다가는 큰일 나."

"남자라면 사소한 문제는 신경 쓰지 마라."

"팔다리 자르는 게 사소한 문제냐."

"루시르 대륙에서는 살인도 심심찮게 일어난다."

"그러니까 여기 한국이라고."

하여간 생긴 건 천상 여잔데 입에서 나오는 말들은 하드코어를 방불케 한다.

"저는 무서워 죽는 줄 알았어요, 유하님."

프리린이 눈물을 찔끔거렸다.

"어쩔 수 없잖아. 그렇게 해두지 않으면 다음에 또 무슨 짓을 저지를지 모르는데."

"유하 말이 맞다. 프리린 넌 너무 여려. 남자는 그래서는
안 돼! 강인해져야 한단 말이다!"

"록시님… 저 여자라니까요."

"맞아! 이것 봐, 록시. 프리린이 외모는 이래도 가슴 하나
는 끝내주잖아."

"꺅! 아자린님, 어딜 만져요!"

"왜? 좋아?"

"꺄아악! 그만하세요!"

에휴, 정신없는 것들.

*　　*　　*

그날 밤.

집에 돌아온 어머니와 함께한 저녁 자리에서 난 준비해 뒀
던 이야기를 꺼냈다.

"어머니. 이제 편의점 알바 나가지 마세요."

"응? 그게 갑자기 무슨 말이야."

"제가 대신 나갈게요."

"유하, 네가?"

"네."

"엄마 괜찮아. 오히려 집에만 있으면 몸도 찌뿌둥하고 별

로야. 그러니까 그런 생각 하지 마."

"어머니. 저 이제 어린애 아니에요. 스물둘이라구요."

"그건 알지. 그래도 넌 여태껏 세상 물정 모르고 살았잖니."

"그러니까 더 늦기 전에 빨리 적응해야죠."

"그건 그렇지만……."

어머니의 얼굴에 수심이 가득했다.

난 그런 어머니의 손을 꼭 잡았다.

"지금까지 혼자서 고생 많이 하셨잖아요. 이젠 좀 편하게 해드리고 싶어요."

"우리 유하가 그렇게 말해주는 것만으로도 엄마는 충분해."

"들어보세요. 저 편의점 알바 하면서 더 나은 일도 찾아볼 생각이에요."

"더 나은 일이라니?"

"사실 이번에 사채업자들한테 진 빚 모두 청산했어요."

"네가? 어떻게?"

"여우산에서 산삼을 찾아 판 돈으로 해결했다면… 믿으시겠어요?"

어머니는 대관절 그게 무슨 봉창 두들기는 소리냐는 시선을 내게 보냈다.

하긴, 나 같아도 누가 그런 말을 하면 믿기 힘들겠다.

하지만 이건 사실이다.

물론 산삼을 찾은 건 내가 아니라 구미호였지만, 그걸 판 돈으로 사채 빚을 갚은 건 맞다.

"유하야, 너 괜찮니? 또 귀신한테 홀렸던 거 아니야?"

"아니에요. 보실래요?"

난 이조한에게 전화를 걸었다.

신호음이 한참이나 가고 나서야 폰 너머로 이조한의 목소리가 들려왔다.

—여보세요?

"접니다. 설유하."

—컥! 어, 어쩐 일로 전화를…….

이조한의 목소리가 바들바들 떨려왔다.

"제가 오늘 산삼 판 돈 들고 가서 사채 빚 갚았었죠?"

—네? 사, 산삼을 팔아요?

"그랬잖아요."

난 일부러 목소리를 조금 깔았다.

그러자 이조한이 대번에 내 말을 긍정했다.

—그, 그러셨죠! 네, 그랬습니다. 절대로 그 돈은 산삼 판 돈이었습니다!

"어머니가 믿지를 못하셔서요. 바꿔 드릴 테니 잘 얘기해 주세요."

—아, 알겠습니다.

"어머니. 받아보세요."

내가 전화기를 넘겨주니 어머니는 반신반의하는 얼굴로 받았다.

"여보세요. 유하 엄마예요. 네. 정말 유하가 빚을 갚았나요? …정말인가요? 그럼 이제 우리랑 그쪽이랑 더 이상 만날 일 없는 거죠? …네, 알겠습니다. 네. 그간 고생 많으셨어요."

어머니는 끝까지 사채업자들에게 예의를 지켰다.

어머니가 통화를 끝내고서 놀란 눈으로 날 바라봤다.

"유하야. 대체 여우산 어디에서 산삼을 발견한 거니?"

"산이라는 게 주소지가 있는 것이 아니라서 어디라고 말씀 드리기 좀 애매하네요."

"그렇긴 하겠구나."

"운이 좋았어요. 낮에 산책이나 할까 싶어서 여우산에 올라갔었는데, 거기서 산삼 밭을 발견했지 뭐예요."

"산삼 밭이라니……."

어머니의 얼굴에 일순간 황홀경이 펼쳐졌다.

사실 거짓말을 약간 섞으려니 양심에 찔리긴 했다.

하지만 백 퍼센트 거짓인 것도 아니다.

구미호는 여우산에 더 많은 산삼이 자라고 있다고 말했었다.

그러니 내 말은 어느 정도 신빙성이 있는 셈이다.

어머니는 얼른 표정을 고치시고서 다시 안정을 찾았다.

"유하야. 네 말이 진짜라면 정말 큰 복이 굴러들어 온 거구나."

"네. 그런 것 같아요. 여태껏 힘들게 산 우리 엄마, 이제 두 발 쭉 뻗고 지내시라고 하늘이 복을 내려준 것 같아요."

"이럴 게 아니라 지금 산에 가서 남은 산삼을 다 캐오는 게 어떻겠니?"

"지금은 밤이라 위험해요. 설마 하룻밤 새 누가 그 산삼들을 다 캐가지도 않을 테니까 너무 걱정하지 마세요."

"그, 그래. 그렇겠지."

처음에는 그렇게 의심하시더니 한번 믿기 시작하니까 갑자기 저돌적으로 변하는 어머니의 모습이 귀여웠다.

"그런데 그 인삼들 얼마나 된 거라니?"

"사십 년 정도 되었더라구요. 다 야생삼이라서 가격이 제법 되었구요."

"감정은 어디서 받았고?"

아, 여기까진 생각 못했다.

하지만 난 얼른 머리를 굴려 바로 그럴듯한 대답을 건넸다.

"요새 인터넷이 얼마나 대단한데요. 삼 감정하는 곳 찾아보니 춘천에도 몇 군데 있더라구요. 그래서 찾아갔죠."

"그래?"

"네."

"아무튼 장하다, 장해. 엄마는 그 빚을 이제 어떡하나 걱정이 태산이었는데."

어머니의 눈에 살짝 눈물이 맺혔다.

여태껏 어머니는 이렇게 무거운 짐을 지고 계시면서도 내게 티 한 번 낸 적이 없었다.

아들을 위해서 모든 걸 혼자 감당하려 했던 세월이 얼마나 버거웠을까 생각하니 가슴속에서 뜨거운 것이 치밀어 올랐다.

어머니는 얼른 눈물을 훔치시고 내게 물었다.

"그래서 앞으로 삼을 팔아 장사를 하겠다는 거니? 심마니가 되겠다는 거야? 하지만, 여우산에 있는 삼을 다 팔면 끝이잖니."

"삼을 판 돈으로 장사를 해볼 생각이에요."

"무슨 장사?"

"그건 편의점 아르바이트를 하면서 천천히 생각해 봐야죠."

"위험하지 않겠니? 장사 경험도 없으면서."

"시간을 가지고 여러모로 고민하고 연구한 다음 시작할 테니까 너무 걱정하지 마세요."

"그래. 우리 천천히 생각해 보자꾸나."

"네."

어머니와 난 다시 식사를 시작했다.

오늘은 어머니를 내 방에서 주무시게 했다.

어머니는 한사코 거실에서 자겠다고 고집을 부리셨지만, 난 억지로 어머니를 방에 들이고 문을 닫았다.

거실에 이불을 깔고 드러누우니 아자린이 내 옆에 따라 누웠다.

"저리 안 가?"

"이제 거짓말하는 솜씨가 아주 수준급이야?"

"거짓말은 십 퍼센트도 안 됐어."

"근데 정말 장사할 셈이야?"

"응."

"뜬금없이 왜? 구미호한테 이 산 저 산에서 산삼만 잔뜩 가져오게 해도 되잖아."

"구미호한테 무슨 산삼 탐지기라도 있는 줄 알아? 여우산이야 구미호가 살던 곳이니까 산삼이 어디에 묻혀 있는지 알았던 거지."

"아, 그렇겠네."

"편의점 알바만으로는 평생 가도 돈을 많이 모을 수 없어. 제대로 돈을 벌려면 역시 장사를 해야 돼."

"무슨 장사 할 건데?"

"그건 아직 생각해 보지 않았고."

"그래. 천천히 해. 오늘은 일단 나랑 뜨거운 밤을……."

아자린이 또 음담패설을 늘어놓으려고 할 때.

"아자린!"

록시가 버럭 고함을 질렀다.

"꺅! 깜짝이야! 왜 그래?"

록시는 자기가 고함을 쳐 놓고서 스스로 놀란 모양이었다.
그녀 스스로도 왜 그런 건지 모르겠단 얼굴이었다.

"뭔데? 뭐? 뭐!"

"가벼운 언행으로 유하의 심기를 어지럽히지 마. 앞으로의
수련에 방해된다."

"나 참, 예민하긴."

아자린은 그렇게 말하면서도 내 옆에서 떨어졌다.

난 수마가 덮쳐오기 전까지 무얼 해서 돈을 벌면 좋을지 끊
임없이 생각했다.

*　　　*　　　*

다음 날.

어머니보다 일찍 일어나서 일 나갈 준비를 하는데, 어머니
가 그런 날 만류했다.

"유하야. 일단 엄마도 점장님한테 사정을 말씀드려야 하니
까, 이번 달 말까지는 계속 나갈게."

"안 그러서도 돼요."

"그래도 그게 순서가 아니야. 갑자기 내가 그만두고 아들이 대신한다 그러면 점장님도 적잖이 당황스러울 거야."

"흐음……."

생각해 보니 그도 그런지라 딱히 반박할 말이 없었다.

결국 내가 한발 물러서기로 했다.

"알았어요. 그럼 이번 달까지만 하시는 거예요?"

"그래. 그럼 엄마 일 갔다 올게. 집에 있어."

"네. 조심히 다녀오세요."

CHAPTER **11**
제로

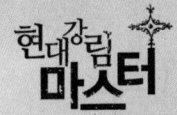

집에 있는 동안 난 점심도 거른 채 줄곧 마나 사이펀에 빠져 있었다.

그러다 오후 세 시쯤이 되어서야 정신을 차렸다.

사령술이든, 조련술이든, 마법이든, 오리를 사용하는 투술이든, 그 근간의 힘을 발휘할 수 있게 해주는 것은 마나다.

마나가 많이 모여야 그것을 다른 에너지로 치환시켜 사용할 수 있기 때문이다.

그래서 마나 사이펀은 결코 게을리 할 수가 없었다.

마나 사이펀을 끝내고 나서 샤워를 하러 화장실에 들어갔다.

밖에는 여자 귀신 셋이 두 눈을 시퍼렇게 뜨고 있으니 옷을 벗고 들어갈 수가 없었다.

내 집이건만 불편하게도 갈아입을 옷을 준비해 화장실에 들어가 벗어야 했다.

쏴아아아아아.

따뜻한 물에 몸을 씻고 비누칠을 했다.

그런데 밖에서 한바탕 소란이 일었다.

"이거 봐, 프리린!"

"안 돼요, 아자린님! 엿보는 건 나쁜 짓이에요!"

"누가 엿본대? 대놓고 볼 거야!"

"절대 안 돼요!"

"록시! 프리린 좀 말려줘!"

"남자라면 스스로 극복해라, 아자린!"

"나 같이 섹시한 남자 봤어? 프리린, 이거 못 봐? 가슴 만진다!"

"꺄악!"

짝!

"꺅! 프리린, 너 나 때렸어?"

"죄, 죄송해요, 아자린님. 그러니까 이상한 짓은 하지 마세요."

"유하야! 도와줘! 프리린 좀 떼줘!"

…하여튼 맘 편히 샤워를 할 수도 없다.

난 얼른 샴푸와 비누를 씻어내고 몸을 닦은 뒤 옷을 입었
다.

밖으로 나와 머리를 말리고서 외출 준비를 마치고 집을 나
섰다.

귀신들이 그런 내 뒤를 쪼르르 따라 붙었다.

"프리린 때문에 못 봤잖아."

"보지 않는 게 맞아요. 그나저나 유하님. 정말 대단한 것
같아요."

"응? 뭐가?"

"마나를 흡수하는 속도가 갈수록 빨라져요. 이제 며칠만
더 있으면 2서클에 도달할 것 같아요."

"그래? 록시, 수제자의 능력이 어때? 맘에 들어?"

"그다지."

록시는 내 물음에 불쾌한 기색을 팍팍 내비쳤다.

엄청나게 자존심이 센 그녀는 성장 속도가 어지간히 맘에
들지 않는 모양이다.

"그런데 밖엔 갑자기 왜 나온 거야?"

아자린이 물었다.

"시내 좀 돌아보면서 사업 구상 해보려고."

"사업 구상?"

"응. 어떤 장사를 해야 좋을지 봐야 알 것 아냐. 발품을 파
는 것만큼 확실한 방법도 없다고."

"꽤나 열심히네?"

"그동안 가족한테 폐만 끼치고 산만큼 더 열심히 살아야지."

록시 일행과 대화를 주거니 받거니 하다가 택시를 타고 강원대학교 후문 근처에 도착했다.

역시 대학가인 만큼 젊은이들이 넘쳐났고, 그들의 발길을 끌게 만드는 음식점과 술집들이 즐비했다.

사이사이 게임방과 노래방도 보였다.

상대적으로 술값이 비싼 바도 있었다.

간혹 오락실과 비비탄 사격장도 눈에 띄었다.

워낙 인파가 많은 곳에 위치한 가게들이다 보니 대체적으로 장사가 그런대로 되는 것 같았다.

"이 많은 업종 중에서 뭘 하는 게 좋을까."

그런 생각을 하며 천천히 걷는데, 어느 카페의 창 너머로 익숙한 얼굴들이 보였다.

"응?…박소정?"

그중 한 사람은 편의점 야간 알바를 한다고 했던 그녀였다.

소정이는 창가 자리에 낯익은 남자와 마주 보고 앉아 이야기를 나누는 중이었다.

그런데 그녀의 표정이 대단히 어두웠다.

난 걸음을 멈추고서 소정이와 남자를 잠시 지켜보았다.

남자는 소정이를 마치 때리기라도 할 것 같은 위협적인 제스처를 취하면서 뭐라고 큰소리를 내는 것 같았다.

　결국 더 참지 못한 소정이가 자리를 박차고 일어났다.

　남자가 소정이의 팔목을 잡았지만, 소정이는 그것을 뿌리치고서 카페를 나와 버렸다.

　이에 남자가 허겁지겁 소정이를 따라 나왔다.

　카페 입구 앞에서 남자가 다시 소정이를 잡았다.

　"이거 놔!"

　소정이가 소리치며 남자를 떼내려 했다.

　하지만 남자는 소정이의 팔목을 잡고 놓지 않았다.

　그런데 내가 저 남자를 어디서 봤더라?

　기억을 되살리려 하는데, 록시가 내게 말을 걸어왔다.

　"저 여자, 네가 아는 여자 아닌가?"

　―맞아.

　"그런데 왜 가만히 있지? 누가 봐도 여자가 안 좋은 상황에 처한 것 같은데, 도움을 줘야지."

　―둘 사이에 무슨 사연이 있는 줄 알고.

　그때였다.

　짜악!

　"악!"

　남자가 소정이의 뺨을 거칠게 후렸다.

　소정이는 그 자리에 털썩 쓰러졌다.

　남자는 그런 소정이의 머리채를 잡아 일으켰다.

"아악! 이거 놔!"

주변을 지나가던 사람들이 걸음을 멈추고서 두 사람을 지켜봤다.

"야, 누가 나랑 사귀어 달래? 그냥 좀 만나보자고. 그다음에 사귀든 말든 하자고. 씨팔, 얼마나 잘났다고 이렇게 비싸게 굴어?"

남자가 다시 소정이의 뺨을 후리려 했다.

…더 이상은 두고 볼 수가 없었다.

남자의 손이 휘둘러지는 순간.

턱.

난 녀석에게 다가가 팔목을 낚아챘다.

"뭐야?"

남자가 인상을 와락 구기며 날 노려봤다.

"그만하시죠."

"넌 뭔데……!"

남자는 내게 한 마디 쏘아붙이려다 말고 고개를 갸웃거렸다.

그 순간 난 남자가 누군지 기억해 낼 수 있었다.

"이 새끼, 동네북 아냐?"

"이종진."

이종진.

녀석은 나와 같은 고등학교에서 2학년 때 한 반에 있던 이종진이었다.

학교에서 내로라하는 문제아였고, 주먹으로 알아주는 인간이었다.

이종진이 비리게 웃더니 내게 잡힌 손을 빼내려 했다.

하지만 난 손아귀에 힘을 더욱 주었다.

"이거 안 놔?"

"못 놔."

"씨팔, 오래간만에 만나서 졸라 반갑긴 한데, 계속 까불면 재미없다. 그냥 가던 길 가라. 여기서 개기다가 졸라 밟히고 개망신 당하기 싫으면."

예전의 나였다면 녀석의 얼굴만 보고도 덜덜 떨었을 것이다.

내가 아는 여자가 안 좋은 상황에 처했다고 해도 모른 체하고 지나갔을 것이다.

하지만 지금의 난 달라졌다.

가드 마스터의 사람들과 싸워서 이겼고, 키메라를 잡았으며 건달들을 손쉽게 아작 냈다.

하물며 동네 양아치 혼내는 건 일도 아니었다.

"유, 유하 씨."

그제야 날 알아본 소정이가 당황한 음성을 흘렸다.

그녀의 커다란 눈엔 눈물이 그렁거렸다.

"뭐야? 둘이 아는 사이야? 하하! 참 재밌게 흘러가네. 야,

동네북. 아는 여자 앞이라 폼 잡고 싶었다 이거냐? 마지막 경고다. 이 손 놓고 그냥 가라."

"싫다면?"

"근데 이 새끼가!"

이종진이 내게 잡히지 않은 반대쪽 손을 말아 쥐고 거세게 휘둘렀다.

주먹은 내 얼굴을 향해 날아들었다.

하지만 녀석에게 맞아줄 생각은 추호도 없다.

턱.

난 놈의 주먹을 손쉽게 막아냈다.

그러자 이종진의 눈이 커졌다.

이종진은 내가 당연히 얻어맞고 바닥을 구를 줄 알았을 것이다.

고등학교 시절의 난 늘 그래왔었으니까.

녀석은 결국 내게 양손으로 모두 제압당한 꼴이 되었다.

"이거 안 놔?"

"소원이라면 놔줄게."

히죽 웃으며 녀석을 거칠게 밀어 넘어뜨렸다.

콰당!

"윽!"

이종진이 엉덩방아를 찧기가 무섭게 벌떡 일어섰다.

난 그사이 소정이의 손을 잡고 무작정 달렸다.

그런 내 뒤를 이종진이 따라 붙었다.

"서, 이 새끼야!"

녀석은 아직도 착각 속에 빠져 있다.

내가 자신을 무서워해서 도망친다고 생각하는 모양이다.

난 소정이와 함께 인적이 드문 골목까지 달려온 다음에서야 멈춰 섰다.

"하아! 하아!"

소정이가 힘에 겨운지 가픈 숨을 몰아쉬었다.

"다 도망쳤냐?"

이종진이 골목으로 들어서며 이죽거렸다.

"내가 도망친 걸로 보여?"

"뭐라는 거야, 병신이."

"여기 사람도 없고 누구 한 명 시원하게 두들겨 맞아도 모르겠다, 그치?"

"하! 네가 진짜 미쳤구나? 이제 돌이키기에는 늦었다. 나중에 살려달라고 애걸하지 마라."

"천하의 이종진이가 언제부터 그렇게 말이 많았냐."

"이게 어디서 끝까지 똥폼이야!"

이종진은 눈에 불을 켜고 달려들었다.

하지만.

퍽!

"악!"

내게 턱을 얻어맞고 그대로 쓰러졌다.

난 이종진이 소정이에게 했던 것처럼 머리채를 잡고 들어올렸다.

그리고 강하게 뺨을 때렸다.

짝!

"크억!"

이종진의 고개가 옆으로 휙 돌아갔다.

녀석의 입술이 터지며 피가 줄줄 흘러내렸다.

"사내새끼가 되가지고 여자를 때려?"

짜악!

한 번 더 따귀를 날렸다.

이종진의 고개가 다시 한 번 같은 방향으로 돌아갔다.

"크윽!"

이종진은 지금 이 상황이 도저히 납득 안 된다는 표정이었다.

그럴 만도 하겠지.

너한테 있어서 나 설유하는 매일같이 얻어터지는 동네북에 불과했으니까.

학창 시절 내내 단 한 번도 제대로 된 사람 대접 한 번 못 받고 늘 두들겨 맞았던 등신.

그게 나였으니까!

한데 그중에서도 가장 날 많이 괴롭혔던 녀석 중 하나가 바로 너, 이종진이었지.

과거의 일을 생각하니 지금까지보다 더한 분노가 솟구쳤다.

그런데 이종진 이 새끼가 분위기 파악 못하고서 입을 더럽게 놀렸다.

"미친 새끼야. 너 지금 무슨 짓 하는 건지 알아? 고등학교 때처럼 다구리 맞고 싶냐?"

한마디로 지금 알아서 기지 않으면 친구들 불러서 숫자로 밀어붙이겠다?

"좆까."

뻑!

그대로 이종진의 복부에다 무릎을 박아 넣었다.

"커헉!"

이종진이 허리를 꺾으며 바닥에 쓰러졌다.

난 녀석의 얼굴을 발로 걷어찼다.

빡!

"아악!"

이종진의 머리가 뒤로 넘어갔다. 머리를 따라 상체가 넘어갔다.

이종진이 개구리처럼 바닥에 배를 보이고 널브러졌다.

하지만 거기서 끝낼 생각은 없었다.

녀석의 사지 중 한 군데는 부러뜨릴 생각으로 발을 들어 올

리는데,

덥석.

소정이가 내 팔을 잡았다.

"그, 그만해요."

"……."

"더 상대할 가치도 없어요, 저런 인간."

소정이는 비참한 몰골로 누워 있는 이종진에게 다가가 차갑게 한마디를 쏘아붙였다.

"다시는 나 찾아오지 마. 그땐 나도 이렇게 당하지만은 않을 거야."

"…씨팔."

이종진이 피떡이 된 얼굴로 눈물을 줄줄 흘렸다.

쪽팔리는 모양이다.

난 스마트폰을 꺼내 그런 이종진의 모습을 짧게나마 촬영했다.

"뭐하는 짓이야!"

이종진이 정신 못 차리고 소리를 버럭 질렀다.

그래봤자 너한테 돌아가는 건,

퍽!

"커헉!"

고통뿐이야, 새끼야.

"이종진. 나 예전의 설유하 아니다. 까불지 마라. 그리고

한 번만 더 소정 씨 주변에서 얼쩡거리면 이 동영상 동창들한
테 다 뿌려 버린다."

사실 난 동창들 전화번호를 하나도 모른다.

하지만 지금의 이종진에게 상황을 제대로 판단할 만한 정
신은 없었다.

녀석은 아무 말도 못한 채 터진 입술을 꽉 깨물고서 계속
끅끅거렸다.

*　　　*　　　*

근처 아파트 단지의 놀이터.

소정이와 나는 나무 벤치에 나란히 앉았다.

"놀랐죠? 미안해요, 그리고 도와줘서 고마워요."

"아니에요. 나보다는 소정 씨가 더 놀랐겠죠."

소정이는 별 말 없이 희미하게 미소 지었다.

그 미소가 대단히 씁쓸했다.

"그 인간… 제가 편의점 알바 시작하고 나서 반년 동안 끈
질기게 달라붙었었어요. 한 번만 만나달라고 하면서. 그런데
처음에는 부탁이었던 게 나중에는 협박으로 이어지더니 이젠
폭력으로까지 가더라구요."

"오늘은 왜 카페에서 만난 거예요?"

"마지막으로 꼭 할 말이 있다길래……."

"나쁜 새끼네, 진짜."

내 입에서 험한 소리가 나오자 소정이가 날 물끄러미 바라보다가 풋 웃었다.

"왜요?"

"아니오. 어쩐지 유하 씨 입에서 그런 말이 나오니 어색해서요."

"사실… 여태껏 순하게 살긴 했어요."

"그런데 그 인간이랑은 어떻게 아는 사이에요?"

"고등학교 동창이에요."

"아, 그랬구나."

"별로 아름다운 관계는 아니었어요. 나만 보면 못 잡아먹어서 안달이었으니까."

"정말요? 전혀 상상이 안 돼요. 방금 전엔 유하 씨가 그 인간 단숨에 제압했잖아요."

"그때는 연약했어요, 저."

"흠… 역시 상상이 안 되네요."

"그럴 거예요."

"유하 씨."

"네?"

"우리 말 놓을까?"

"…네?"

"동갑끼리 계속 말 높이는 것도 이상하고, 존댓말 쓰니까 계속 거리감 느껴지는 것 같아서."

소정이가 말을 꺼내놓고 쑥스러운 듯 혀를 살짝 내밀었다.

그 모습이 제법 귀여웠다.

난 픽 웃고서 고개를 끄덕였다.

"그래, 그러자."

"와~ 빨라서 좋네. 앞으로 편하게 대하기?"

"응."

"아무튼 우리도 인연은 인연인가 봐."

"그러게."

편의점에서 어머니와 같이 알바를 해서 알게 됐고, 이번에
는 그녀가 위기에 처한 걸 우연찮게 보고 도와주었다.

사람 인연 어떻게 될지 모른다더니.

소정이가 자리에서 일어났다.

"이제 그만 가봐야겠다. 알바 나가기 전까지 해야 할 일이
있거든."

"그래. 다음에 보자."

"응. 오늘 진짜 고마웠어. 내가 다음에 밥 한 번 살게."

"나야 좋지."

"안녕, 유하야~"

소정이가 손을 흔들고서 걸음을 옮겼다.

난 그녀의 뒷모습이 시야에서 사라질 때까지 바라봤다.

그런데 얼굴이 따끔거려 고개를 돌렸더니 귀신 셋이서 그

런 날 지켜보고 있었다.

"뭐야, 그 시선들은?"

"유하의 앞날은 꽃밭이구나. 근데 좀 샘나네."

아자린이 고양이 같은 눈을 하고 툴툴댔다.

"좋으시겠어요, 유하님. 여자들한테 인기 많아서."

프리린은 왠지 모르게 뚱해서는 조금 비꼬는 듯한 투로 말했다.

그리고 록시는,

"네가 지금 여자한테 한눈팔 때냐!"

괜히 성질을 냈다.

…이 여자들이 갑자기 왜 이래.

* * *

자정.

난 여우산 정상에 올랐다.

오늘이 바로 가드 마스터의 사람들과 만날 약속을 한 날이었다.

아직 가드 마스터 사람들은 도착하지 않은 모양이었다.

혼자서 주변을 두리번거리며 잠시 기다리니 저 멀리서 두 사람이 달빛을 받으며 다가왔다.

한 명은 엘린이었고, 다른 한 명은 처음 보는 남자였다.

남자는 키가 컸고, 제법 덩치가 있었다.

엘린은 처음 봤던 날과 달리 타이즈가 아닌 캐주얼 복장을 하고 있었다.

곁에 선 남자는 정장 차림이었다.

그런데 머리카락이 한 올도 없는 것으로 보아 아무래도 그가 바로 가드 마스터의 수장 제로인 듯했다.

"안녕, 유하~!"

엘린이 반갑게 손을 흔들었다.

"안녕."

나도 그녀의 인사에 화답했다.

그러자 제로가 내게 고개를 꾸벅 숙였다.

"제로라고 합니다. 처음 뵙겠습니다."

"설유하라고 합니다. 엘린에게 얘기 들었습니다."

"그렇군요."

제로는 딱딱하고 감정이 실려 있지 않은 어투로 말했다.

그래서인지 기계와 대화하고 있는 듯한 기분이 들었다.

"유하님의 사정은 이미 들어 알고 있습니다. 저는 물론이고 가드 마스터의 모든 사람이 많이 놀랐습니다."

말은 그렇게 하지만 별로 놀라지 않은 것 같은 표정이다.

"가드 마스터에 들어오고 싶으시다구요?"

"네."

"저희로서는 환영입니다."

"그런데 제로님도 지구인이신가요?"

묻기는 제로에게 물었는데 대답은 록시에게서 들려왔다.

"그럴 거다. 그는 루시르 대륙의 사람이 아니야."

록시는 오하렌과 사천왕, 그리고 패왕 보르쳉의 얼굴을 모두 알고 있다.

그가 아니라면 아닌 것이다.

한데, 오하렌은 생각지도 못한 얘기를 꺼냈다.

"저는 지구인이 아닙니다. 그렇다고 유하님에게 여러 가지를 알려준 타차원의 혼령들과 같은 곳에서 온 사람도 아닙니다."

"그럼……?"

다음 순간, 그의 입에서 나온 한마디는 날 적잖은 충격에 빠뜨렸다.

"저는 키메라입니다."

『현대 강림 마스터』 2권에 계속…

獨步行

독보행

임영기 新무협 판타지 소설

FANTASTIC ORIENTAL HEROES

그날, 심산유곡에서 수련하던
한 명의 소년이 강호로 내려왔다.

모든 이가 소년을 비웃고,
모든 무사가 그를 깔봤다.

소년은 흔들리지 않는다.
"이 천하를 독보(獨步)하리라!"

한번 시작한 걸음, 결코 멈추지 않으리라.
천하여! 무림이여!
대무영(大武英)이 간다!

Book Publishing CHUNGEORAM

ALCHEMIST

FUSION FANTASTIC STORY 시이람 장편 소설

2013년, 또 하나의 현대물이 깨어난다.
현대에서 펼쳐지는 연금마법진의 진수!

인간 최초의 9서클을 이룩한 마법사 아스란.
죽음의 위기에서 그가 남긴 유지가
차원을 넘어 지구에 떨어진다.

일리미트 비블리어시카(Illimite bibliotheca)!

그 무한한 힘과 지식을 얻게 된 김창준.
3년 전으로 돌아간 날을 기점으로,
삶이, 인생이, 그의 희망이 바뀐다!

현대에 강림한 진정한 마법사의 전설!
끝도 없이 세상을 향해 날개를 펼치다!

Book Publishing CHUNGEORAM

유행이 아닌 자유추구 -
WWW.chungeoram.com

무정철협

월인 新무협 판타지 소설

FANTASTIC ORIENTAL HEROES

「두령」, 「사마쌍협」, 「장홍관일」의 작가 월인
2013년 벽두를 여는 신무협이 온다!

삭초제근(削草制根)!
일단 손을 쓰면 뿌리까지 뽑아버렸다.

무정(無情)!
검을 들면 더 이상 정을 논하지 않았다.

그래서 나는 무정철협이 되었다.

진정한 협(俠)을 아는가!
여기 철혈의 사내 이한성이 있다!

「무정철협」

Book Publishing CHUNGEORAM

 유행이 아닌 자유추구 -
WWW. chungeoram.com

까불지마!

2 까불지마!

1 까불지마!

까불지마!

FUSION FANTASTIC STORY

무람 장편 소설

『태클 걸지 마!』의 무람 작가가
풀어내는 신개념 현대판타지 소설!

24살의 대한민국 청년, 강태영
타고난 병으로 인해 온몸의 근육이 힘을 잃어가는 그가 부모마저 잃었다!

"제기랄! 이 빌어먹을 몸뚱이!"

좌절하여 모든 걸 포기하려던 바로 그날,

쫘르르릉! 번쩍!
강태영을 향해 떨어진 푸른 날벼락.
그리고 그가 눈을 떴을 때,
그를 기다리고 있는 것은……

날 비참하게 만들던 세상이여
더 이상 까불지 마라!

Book Publishing CHUNGEORAM

유행이 아닌 자유추구 -
WWW.chungeoram.com

獨步行

독보행

임영기 新무협 판타지 소설

FANTASTIC ORIENTAL HEROES

그날, 심산유곡에서 수련하던
한 명의 소년이 강호로 내려왔다.

모든 이가 소년을 비웃고,
모든 무사가 그를 깔봤다.

소년은 흔들리지 않는다.

"이 천하를 독보(獨步)하리라!"

한번 시작한 걸음, 결코 멈추지 않으리라.
**천하여! 무림이여!
대무영(大武英)이 간다!!**

무정철협

武情鐵俠

월인 新무협 판타지 소설

FANTASTIC ORIENTAL HEROES

「두령」, 「사마쌍협」, 「장흥관일」의 작가 월인
2013년 벽두를 여는 신무협이 온다!

삭초제근(削草制根)!
일단 손을 쓰면 뿌리까지 뽑아버렸다.

무정(無情)!
검을 들면 더 이상 정을 논하지 않았다.

그래서 나는 무정철협이 되었다.

진정한 협(俠)을 아는가!
여기 철혈의 사내 이한성이 있다!

「무정철협」

Book Publishing CHUNGEORAM

까불지마!

FUSION FANTASTIC STORY

무람 장편 소설

『태클 걸지 마!』의 무람 작가가
풀어내는 신개념 현대판타지 소설!

24살의 대한민국 청년, 강태영
타고난 병으로 인해 온몸의 근육이 힘을 잃어가는 그가 부모마저 잃었다!

"제기랄! 이 빌어먹을 몸뚱이!"

좌절하여 모든 걸 포기하려던 바로 그날,

꽈르르릉! 번쩍!
강태영을 향해 떨어진 푸른 날벼락.
그리고 그가 눈을 떴을 때
그를 기다리고 있는 것은……

날 비참하게 만들던 세상이여
더 이상 까불지 마라!

Book Publishing CHUNGEORAM

유행이 아닌 자유추구 -
WWW.chungeoram.com

ALCHEMIST

알케미스트

FUSION **FANTASTIC** STORY  시이람 장편 소설

2013년, 또 하나의 현대물이 깨어난다.
현대에서 펼쳐지는 연금마법진의 진수!

인간 최초의 9서클을 이룩한 마법사 아스란.
죽음의 위기에서 그가 남긴 유지가
차원을 넘어 지구에 떨어진다.

일리미트 비블리어시카(Illimite bibliotheca)!

그 무한한 힘과 지식을 얻게 된 김창준.
3년 전으로 돌아간 날을 기점으로,
삶이, 인생이, 그의 희망이 바뀐다!

현대에 강림한 진정한 마법사의 전설!
끝도 없이 세상을 향해 날개를 펼치다!

Book Publishing CHUNGEORAM 유행이 아닌 자유추구 - WWW.chungeoram.com